# Accidentul

Dorice Grey

Copyright © 2012 Author Name
All rights reserved.
ISBN: 150301777X
ISBN-13: 978-1503017771

De departe se vedea ca o ceață, însă mirosul înțepător indica imediat că este vorba despre altceva. De aproape, recunoșteai rapid praful înecăcios, ba chiar se auzeau voci și claxoane, iar aerul era impregnat cu vibrațiile agitației din jur. Apoi un scârțâit de roți pe șosea anunța lumea de accidentul proaspăt produs. Șoferul se grăbise să plece de la locul unde știa că rănise pe cineva, în jurul căruia se strângeau acum curioși și binevoitori trecători.

Când atmosfera prăfoasă se mai limpezi și oamenii veniți să ajute simțiră că inhalează și puțin aer curat, nu doar gaze de eșapament, se aplecară să vadă pe cine ajutau de fapt. Persoana rănită era o femeie tânără cu părul negru, ghemuită pe marginea trotoarului și înjurându-l cu patos pe șoferul grăbit. Ochii ei negri, erau puțin tulburi, însă vizibil, speriați și tremurau mai umezi ca de obicei.

O femeie se lăsă pe vine lângă ea, încercând s-o liniștească. Chemase salvarea și acum toată lumea aștepta deznodământul întâmplării.

# 1.

Abia dacă trecuseră două zile de la accidentul absurd prin care trecuse. Se speriase puțin, dar nu era nevoie să stea o săptămână în spital pentru o mână un pic scrântită.

Mergea nervoasă pe holul lung al clădirii dărăpănate, iar în urma ei o asistentă agitată încerca s-o oprească. Nu vroia să mai rămână nicio secundă în plus în camera aceea plină de igrasie unde o internaseră...

- Domnișoară Iliescu! Domnișoară Iliescu! Domnul doctor o să fie foarte supărat când va afla că ați plecat fără să îi spuneți!

- Știu! Dar, sincer, nu-mi pasa!

Nu-și putea permite să mai lipsească încă o zi de la lucru, mai ales că niciun coleg nu știa ce i se întamplase ca să îi poată explica șefului.

Nu fusese atentă la drum în ziua aceea, pierdută ca întotdeauna în gândurile sale. Atunci mai mult ca oricând! Rămăsese în urmă cu lucrul și se temea ca șeful ei avea s-o concedieze. Era o simplă secretară, putea fi înlocuită în doar cateva ore! Avea nevoie de locul ăsta de munca, altfel...i-ar fi zis ticălosului de șef câteva de dulce și ar fi plecat singură.

Era pe trecerea de pietoni, dar masina apăru din senin. A avut noroc că n-a lovit-o în plin, dar chiar și așa se prăbuși rănită la mână și când ambulanța sosi, șoferul nu mai era acolo. Doamna care chemase salvarea o găsise întinsă pe trotuar, pe jumatate conștientă, încercând să stirge după ajutor. Medicii o duseră la spital, în ciuda reținerii ei răgușite. Acolo, îi dădură tot felul de pastile ca să se liniștească.

Două zile mai târziu, când se trezi, începu să se îmbrace tăcută, dar mocnind de furie, fără să asculte protestele disperate ale asistentei.

Ieşind din spital, ziua călduţă de început de vară îi zâmbi darnică. "În loc să te faci bine, internarea iţi face mai mult rau!" işi zise ea, privindu-şi mâinile palide. "Am să merg pe jos acasă. Puţin soare o să îmi facă bine!"

Pe o băncuţă, lângă gardul viu al spitalului, era un bărbat tânăr care se ridică atunci când ea trecu prin faţa lui. Îi aruncă o privire, în treacăt, grăbindu-se să ajungă acasă şi apoi la serviciu, însa apucă să-i vadă ochii verzi sclipind în razele blânde ale soarelui. I se părură ciudaţi acei ochi.

Îşi închipui că e vreun pacient ieşit la plimbare şi merse mai departe.

După câteva staţii se opri, fără să ia seama... Peste soseaua aglomerată se vedea un parc. Atâta verdeaţă... Simţea liniştea de-acolo cum îi patrunde în trup, caldă şi ademenitoare. Nu făcea nimic rău dacă se abătea puţin de la drum.

Traversă, cu multă prudenţă de data aceasta, numai ca să nu mai ajungă din nou în acel spital infect!

Intră în parc pe poarta principală. În faţa ei era o alee mare cu bănci de lemn lăcuit pe margine şi copaci înalţi presăraţi printre ele... La capătul aleii, în dreptul unor scări late, se întindea un lac înconjurat de sălcii plângătoare, ale caror crengi lungi mângâiau tremurător suprafaţa apei... Din loc în loc, câte o raţă sălbatică plutea leneş cum o purta unda... În dreapta ei, câteva leagane atârnau goale lângă un tobogan ruginit...

Nu-şi amintea când fusese ultima dată într-un parc...probabil de ziua ei, pe care o sărbătorise singură.

Liniştea fu brusc întreruptă de ţipetele unui copil, care plângea fiindcă se lovise la picior. Mama lui încerca să-l liniştească, apoi, când văzu că băieţelul tot nu tace, începu să îl ameninţe cu injecţii. Acest lucru o făcu să-şi amintească de unde plecase şi furia îi reveni. Se răsuci rapid pe călcâie şi o porni spre casă.

Dădu să iasă pe poartă, când, pe banca din dreapta, îl văzu...! Era același bărbat din curtea spitalului. O urmarea cu privirea fără să se ferească, ceea ce o deraja și uimea în același timp. Oare chiar nu-și dădea seama că-l văzuse?

Începu să bănuiască că nu avea intenții bune și se gândi că ar fi bine să își scureteze plimbarea spre casă luând autobuzul.

Acasă era totul așa cum lasase: dezordine completă. Se apucă să strângă rapid înainte să facă un duș și să plece la serviciu.

Pe la zece ieșea din nou din apartamentul său.

În fața blocului se opri ca lovită de un tanc: bărbatul din curtea spitalului era chiar în fața ei! Fără să vrea începu să tremure și se pierdu o clipă neștiind ce să facă. Venise după ea! De ce? Își reveni repede. El tocmai își scotocea buzunarele și nu o văzuse sau cel puțin așa credea ea, astfel că intră în bloc și urcă în apartament, de unde sună la 112.

- Bună ziua, serviciul 112! Cu ce vă pot ajuta?
- Buna ziua...ăăă...cred că...mă urmărește cineva, se bâlbâi ea.
- Unde vă aflați?
- Păi...

Trase puțin perdeaua la o parte și se uită pe fereastră: omul nu mai era acolo!

- ...se pare că m-am înșelat, mă scuzați!

Trânti receptorul, bombănindu-se în sinea ei că putuse să facă așa ceva. Convinsă că mintea îi juca feste, plecă din nou la serviciu.

A doua zi, pe seară, când se îndrepta spre stația de autobuz, simți o prezență incomodă în urma ei. Se întoarse. Dădu ochii peste cap zicându-si: "Iar el!"

Se lămuri că nu avea intenții rele, așa că, zâmbind, se opri brusc, așteptând ca el să se lovească de spatele ei...ceea ce nu se întâmplă.

Când se întoarse a doua oară, nu îl mai văzu în spate. Îl căută cu privirea și îl găsi stând liniștit proptit de trunchiul unui copac din dreptul stației de autobuz. Se duse glonț la el și, cu un neașteptat curaj, se răsti subțiindu-și ochii:

- De ce mă urmărești, domnule?

El o privi mirat ridicând sprâncenele. "Oare cu mine vorbește?" se întrebă în gând. Se uită într-o parte și în alta, apoi în spate.

- Cu tine vorbesc! se opinti ea și mai tare

Încă surprins, bărbatul îi puse o întrebare care o blocă total.

- Vrei să spui că mă vezi?

## 2.

— Cum adică? Toată lumea te vede! zise, privindu-l suspicioasă.

Bărbatul se uită la ceilalți oameni din stație: toți o priveau pe ea. Câteva perechi de ochi o studiau intens ca atunci când prezentase referatul despre corpul uman la liceu în fața clasei. Amuți, înghițind în sec.

— Ei nu te văd? Întrebă încet.

Îl privi lung: era așa de calm și de nepăsător că parcă nu se întampla nimic.

Se enervă, scuturând capul și se încruntă.

— Nu-mi pasă dacă te văd ei sau nu! Sincer, nici nu mă interesează cine ești! Vreau doar să știu de ce mă urmărești! Cer prea mult?

Lânga ea apăru un coleg de serviciu. O trase puțin de mână ca să se întoarcă.

— Miruna, te simți bine?

— Poftim? se răsuci ea, privindu-l cu flăcari în ochi.

Puțin intimidat, colegul făcu un pas înapoi.

— Te-am întrebat dacă te simți bine...zise acesta în cele din urmă cu vocea scăzută, vrând să evite posibilele căutături indiscrete ale celor din jur, în cazul în care Miruna continua să nu-și controleze nervii și ar face scandal.

— A! Scuze! Sunt bine, de ce?

— Vorbeai cu un copac...

Bărbatul cu ochi verzi era înca acolo cu mâinile încrucișate pe piept și cu o expresie pe jumătate uimită, pe jumătate spunându-i: „Ți-am spus eu!". Ridică din umeri cuminte.

Miruna își duse mâna la frunte, simulând:

— Oh, ce mă doare capul! Cred că sunt puțin mai obosită decât mi-am închipuit. Ce spuneai?

— Vorbeai cu copacul și-l întrebai de ce te urmărește, se amuză omul. Serios acum! Te simti bine?

— Nu cred că am făcut bine când am plecat de la spital!

- E-n regulă! Hai că te duc acasă...
Colegul o luă după umeri şi, ocolind privirile uimite ale oamerilor din staţie, merseră la maşina lui.
Când se urcă în automobil, cu coada ochiului văzu privirea verde încă strălucind lângă copac.
Ce se întampla? Cine era omul acela? Minţise cand îi spusese ca n-o interesează... Ori mintea ei începea să se şubrezească, ori bărbatul era de pe altă lume. Care lume? Era real? Era singurul? Atâta vreme cât el arăta ca orice alt om, cum putea să-i deosebească?
- M-asculţi?
Miruna ridică ochii.
- Iartă-mă, Mihai. Mă gândeam...la altceva...
- Ştii ce? Eu cred că îţi trebuie un concediu!
- Nu-mi permit un concediu.
- Pe naiba! Dacă ţi-e rău...nu te poate ţine în birou cu forţa! Dacă vrei, vorbesc eu cu şeful.
Miruna îl privi, neştiind ce ar fi bine să facă.
Până la urmă se lasă convinsă şi îşi luă o săptămână liber. Două zile nici nu ieşi din casă. Făcu ordine şi se îngriji îndelung şi minuţios ca o adevarată prinţesă.
Uită şi de accident şi de lucru şi de telefonul stupid la 112 şi chiar şi de urmăritorul ei misterios.
Pe la mijlocul săptămânii, seara, se uita la televizor la un serial insipid în timp ce mânca fulgi de porumb dintr-o pungă mare. Se strâmbă la ecranul plat şi prăfuit al TV-ului şi, luând telecomanda, începu să schimbe canalele. Tresări când telefonul mobil sună lângă ea. Era Mihai.
- Bună seara, domnisoară!
- Bună, Mihai!
- M-am gândit că, dacă tot eşti în concediu, ai să ieşi cu mine în oraş. Acum nu-mi mai poţi spune că nu ai timp!
- Nu, dar poate sunt bolnavă!
- Nu eşti!
- De unde ştii tu?
- Ştiu!

- Şi vrei tu neaparat sa mâncăm în oraş?
- Da.
- Bine. Vino şi ia-mă într-o jumătate de oră!

Mihai locuia la doar doua blocuri distanţă. Se cunoşteau demult şi printr-o fericită întâmplare ajuseseră să şi lucreze împreună. Nu se aranjă prea mult, pentru că cina cu Mihai însemna că acesta se plictisise, în lipsa logodnicei lui, care era plecată în străinătate. De altfel, Miruna ştia că aveau să meargă la restaurantul de vis-a-vis, ieftin, dar bun, unde chelnerii îl cunoşteau pe Mihai, fiindcă de o vreme, mânca numai acolo din comoditate.

La şapte şi cinci minute suna la uşa ei. Miruna îi deschise grăbită.

- Scuze, îi zâmbi. Trebuie să mai aştepţi două minute. Intră!

I se încurcase peria în par.

Îl bufni râsul, văzând-o cum se chinuie s-o desfacă, înjurând de mama focului de durere.

- Să te ajut?
- Crezi că poţi?
- Nu ştiu! Încerc.

Se apropie de ea şi studie ghemul mic de păr prins printre dinţii bonţi ai periei. Apoi, cu degetele lui mari, începu să tragă când de perie, când de păr, amuzat.

- Cum naiba ai reuşit? se mira Mihai, privind peria plină de fire rupte şi încâlcite.

- Nu întreba!

**3.**

Descuie ușa puțin amețită, din cauza întunericului contrastant cu lumina puternică din lift. Mihai aștepta liniștit lângă ea.

- Nu mai intru. Te las să te odihnești!
- M-am tot odihnit în ultima vreme. Haide! îi zise, făcându-i semn cu capul să o urmeze.

Intră în holul mic și aprinse lumina, lăsându-l și pe el înăuntru.

- Nu stau mult! o avertiză el.
- Bine! Doar cât să vedem un film...

Mihai o privi mirat. De când vroia Miruna să vadă filme împreună? O vreme fusese într-adevar îndrăgostit lulea de ea și poate că, acum, dacă nu s-ar gândi la logodnica lui drăguță din Italia, ar ceda din nou farmecelor ei. Dar ar fi fost prea previzibil!

Dintr-odata îi veni o idee ciudată! Nu prea știa cum să o întrebe de teamă să nu o supere, mai ales după scena de săptămâna trecută. Totuși, nu o mai văzuse de câteva zile și nu avea de unde să știe ce i se mai întâmplase cât el fusese la serviciu.

Deși nu se comportase altfel decăt de obicei, o cunoștea demult și avea senzația că îi ascunde ceva.

- Să vedem un film? Tu și cu mine?
- Da. Noi doi! Ce te miri așa? Parcă ți-aș fi cerut să mă împușți!

Tăcu o clipă privind-o cu suspiciune.

- Miruna, e ceva ce ai vrea să îmi zici și nu știi cum?

Întrebarea lui o făcu să afișeze o expresie atât de nedumerită, încât aproape că îi veni să râdă de inocentă din ochii ei. Se mulțumi doar să zâmbească și continuă:

- Nu știu, dar am senzația că îmi scapă ceva. Ți-e teamă să stai singură?

Miruna râse zgomotos, dar fals. Numai că nici ea nu își dădea seama de acea falsitate. În schimb, Mihai nu se lăsă așa ușor înșelat de reacția ei.

- Sigur că nu mi-e teamă! Ce-ți veni? Dacă nu vrei să rămâi, te înțeleg! Cred că am început să mă plictisesc și nu mai știu ce să fac cu timpul liber. Poate de aceea ai impresia că mi-e teamă să stau singură!

El ridică din sprâncene, neconvins.

Ceva din gestul acesta îi aminti Mirunei de urmăritorul ei. Se cutremură, dar încerca să nu-i arate fiorii care o străbătuseră rapid din cap până în picioare. Ca să se ascundă și mai bine, se repezi în livingroom să-și lase geanta pe sofa. Tocmai când ridica ochii spre întrerupătorul pentru lumină văzu niște sclipiri în fața ei. Îngheță! Prima întrebare care îi veni în minte fu: cum a intrat? Abia apoi își aminti de cuvintele ciudate pe care i le spusese.

Următorul gând fu s-o ia la fugă, dar asta ar fi însemnat să îi dea explicații lui Mihai și nu avea chef s-o creadă nebună.

Sclipirile verzi se apropiau... Miruna se albise toată. Închise ușa de la living, revenind în fața lui Mihai.

- Bine. Te cred. Aș rămâne la un film cu tine, dar mai am treaba acasă. Eu am și serviciu, nu ca alții!

- Ce tot vorbești acolo? întrebă ea cât mai calmă posibil. Parcă tu m-ai sfătuit să îmi iau concediu!

- Încep să cred că nu aveai nevoie! râse el răutăcios.

Ieși din apartament și se îndreptă vijelios spre lift, înainte să apuce să se răzgândească și să facă lucruri necugetate pe care să le regrete mai târziu.

Încuie ușa în urma lui, tremurând. Bine că nu o văzuse!

Se propti de cuierul șubred, simțindu-și genunchii de gelatină. Inima îi bătea gata să explodeze și creierul parcă i se blocase. Spera din tot sufletul să i se fi părut doar că a văzut acei ochi verzi strălucind în camera întunecată, însă nu îndrăznea să se uite.

Acum că stătea mai bine să se gândească, poate că îi era puțin teamă să mai stea singură.

Nu îşi mai simţea trupul... parcă mintea o luase la sănătoasa şi lăsase în urmă lucrurile inutile care o împiedicau să fugă mai repede.

Mâinile i se agitau neputincioase şi incapabile să atingă clanţa uşii. Buzele se frământau în dinţii care clănţăneau involuntar.  Nu îi mai fusese atât de frică din copilărie când credea că în dulapul ei se ascund monştrii.

Oftă, încercând să-şi facă curaj şi să intre în propriul living.

Era inutil! Ştia prea bine că nu era curajoasă de fel... Cele câteva excepţii îi făcuseră mai mult rău decât bine. Şi ştia de asemenea că în cazul de faţă nu era în stare să facă o excepţie, aşa că se întoarse şi se îndreptă spre bucătărie.

Înăuntru o izbi un val de aer rece. După câteva clipe nu mai ştia exact dacă tremura mai mult de frig sau de frică. De bine, de rău, acum putea măcar să se mişte.

Îşi scoase telefonul din buzunar şi apelă ultimul număr format. Întâmplător era al lui Mihai. Până să apuce să se gândească la o scuză potrivită pentru că îl sună aşa de repede, el îi raspunse.

- Ăăăăă...bună!...Ăăăă...ai ajuns acasă?
-...Da...! îi spuse ezitant, citind teama în vocea ei bâlbâită. S-a întâmplat ceva?
- N...Nu...Ce să se întâmple?
- Păi, vorbeşti ciudat!
- Ţi s...se p...p...pare! Doa...doar că îmi este f... f... frig şi n...nu ştiu d...d...de...ce...
- Păi, fă un duş fierbinte!
- D...da...Am s...să fac!

Închise mai mult fără să îşi dea seama.

„Doamne! Ce fraieră sunt!" îşi spuse.

Mihai rămase surprins de telefonul ei. Se gândi că termină de lucru şi mai târziu trece pe la ea, fiindcă era clar că nu se simte bine.

Miruna stătu ascunsă în bucătărie mai bine de o jumătate de oră, plimbându-se de colo-colo ca un șoricel prins în cursă. Faptul că îl sunase pe Mihai nu o ajutase deloc.

Își dăduse seama de un singur lucru totuși: Bărbatul cu ochii verzi nu era o închipuire a minții ei, altfel ar fi urmărit-o și la bucătărie și peste tot unde-ar fi mers.

Și nu îl mai văzuse de câteva zile. Mai exact de când intrase în concediu. Asta însemnă că nu înnebunea, chiar dacă ceilalți nu o credeau.

Se opri la fereastră, privind mai mult în gol decât afară și oftă din nou. Încă mai tremura, însă încerca să se mai controleze.

- Te temi de mine? se auzi o voce în spatele ei.

Miruna își simți picioarele de plumb și totuși se întoarse ca arsă. Fără să vrea scapă și un țipăt pe care îl acoperi rapid cu mâna.

**4.**

Deschise ochii cu greu. Vedea încețoșat, cu toate acestea, distingea în fața ei o persoană, din al cărei contur pricepu că e o femeie. Clipi de câteva ori și simți pe obrajii roșii două urme umede. Încet-încet, imaginea începu să prindă formă și să devină mai clară. Așa o recunoscu pe tânăra ei vecină, Paula, care o auzise țipând și venise să vadă ce s-a întâmplat. O găsise întinsă pe gresia rece din bucătărie.

Mâna dreaptă era amorțită, probabil pentru că se prăbușise pe ea...plus că o scrântise puțin și în accident.

Când se răsuci pe spate, Paula tresări nervos, apropiindu-se de canapeaua unde stătea vecina ei ciudată.

- În sfârșit! zise, răsuflând cu mâna pe piept. Nici nu știi ce spaimă am tras! Am crezut că au dat hoții peste tine! Ți-am spus de atâtea ori să ții ușa încuiată, că doar de-aia ai cheie! Ce e? se miră tânăra când o văzu întinzând brațul spre ea.

Valul de vorbe precipitate o făcu pe Miruna să îi facă semn să tacă câteva minute. Paula își dădu seama că de-abia se trezise și că oricum nu pricepea nimic din ce îi zice așa că tăcu.

Miruna închise ochii și se forță să-și amintească ce s-a întâmplat, pentru că știa că era inutil să o întrebe pe vecina care o găsise leșinată. Apoi, o puzderie de imagini colorate și vii îi inavdară mintea așa de rapid încât parcă cineva o lovise peste frunte și acum o durea capul.

Când memoria ajunse la imaginea finală, Miruna se ridică brusc, amintindu-și sperietura. Inima începu să se agite ca o pasăre prinsă într-o colivie. Genunchii îi tremurară o clipă, dar echilibrul ei era mai puternic. Instinctiv ochii i se învârtiră prin cameră, căutându-l. Dar el nu era.

Răsuflă și se trânti pe sofa, proptindu-și capul în palme. Mușchii se relaxară încet.

Nu i se mai întâmplase să se sperie atât de tare încat să leșine. În momentul de față nici nu își amintea exact dacă o speriase vocea lui sau prezența lui în casă.

De altfel nu înțelegea înca de ce îl vede doar ea, de ce apare doar când vrea sau ce vrea de la ea...
- Oh, cât e ceasul? întrebă și îndreptă privirea spre orologiul mare atârnat pe perete, lângă dulapul cu haine.
- E aproape dimineață, dragă! De asta sunt așa de agitată, reluă Paula asaltul verbal.
- Paula, e trei. Până dimineață mai e!
- Bine, dar ce ai pățit? Eram gata-gata să sun la salvare!
- Ei, eram cred că puțin prea obosită și...
Se auzi soneria.
- Poftim! Cine-o fi la ora asta?
Paula se ridică bombănind și se duse la ușa. Se uită pe vizor, strigându-i Mirunei.
- E un tânăr...
- E Mihai! Te rog, deschide-i!
Când o văzu în prag pe vecina pe care Miruna nu o prea apropia din cauza logoreei sale, Mihai avu impresia că a greșit apartamentul și se uită deasupra ușii unde era scris mare numărul, ca să se convingă că venise la Miruna și nu la altcineva.
- Bună seara...ăăă...
- Bună dimineața, domnule. Nu vezi cât e ceasul?
El se încrunta la vecina bățoasă, dar preferă să nu îi răspundă.
- Miruna? Unde e?
- Aici sunt! îi zâmbi ea slab din ușa livingului. Paula, îți mulțumesc mult pentru grijă. Mă descurc de aici. Poți să mergi acasă.
Mirată, dar și suspicioasă la adresa tânărului care o vizita așa cu noaptea în cap se retrase fără să mai zică nimic, fiindcă nu vroia să se lungească la vorbă când nu era rost.
- Ce s-a întâmplat? Cum de era...vecina ta aici?
Îi veni să zică „asta".
- Păi...nu știu sigur...m-am trezit cu ea la mine. Apropos, dar tu ce faci aici?

- Eram îngrijorat când ai sunat şi am crezut că eşti bolnavă, mai ales când nu mi-ai mai răspuns la telefon...
- Hai înăuntru. Am făcut un duş şi acum sunt mai bine. Mulţumesc pentru grijă.

Mihai o urmă în living.

Când intră, Miruna îi simţi prezenţa bărbatului cu ochii verzi. Deşi nu îl vedea, ştia că e acolo. De data asta, însă nu era dispusă să îşi mai piardă firea în faţa lui, cu atât mai puţin în faţa lui Mihai, care şi aşa o credea puţin rătăcită.

Îl servi cu cafea şi încercă să evite o discuţie referitoare la apelul ei aiurit imediat ce plecase spre casă. Apoi, inventând o scuză legată de lipsa de somn „îi făcu paşaport" şi rămase din nou singură.

Senzaţia că cineva e acolo în cameră cu ea nu o slăbise nici o clipă şi de aceea era nerăbdătoare să-i demonstreze că nu se temea de el, dar că o luase prin surprindere. Totuşi nu se grăbi şi stătu în holul de la intrare gândindu-se ce avea să îi spună, apoi îşi spuse că totul îi iese cel mai bine când e spontană!

Intră hotărâtă!
- Ştiu că eşti în cameră. Arată-te!

Vocea îi tremură o secundă, dar spera ca doar ea să îşi fi dat seama.
- N-ai să te sperii? Întrebă o voce amuzată.
- De data asta, nu!
- Bine, îi răspunse el, apărând de după dulap.
- De când stai acolo?

El îi zâmbi calm. Era înalt şi blond, cu o expresie aşa de călduroasă că nu putea să îl bănuiască de ceva rău.
- Îmi pare rău că te-am speriat mai devreme...
- E în regulă, dar acum vrei să îmi explici şi mie ce se petrece?

El ridică sprâncenele a neînţelegere.
- Ştii ce vreau să spun!
- Ştiu, ştiu! îi răspunse ridicând braţele ca atunci când cineva îl ameninţa cu o armă.

- Păi, aştept! Că am destul timp. Poate vrei şi o cafea?
- Hmm...
Se aşeză pe sofa lângă ea. O privi atent, calculându-şi în minte cu grijă vorbele, subţiind ochii din când în când, sau luând expresia unui om care încearcă la rândul său să înţeleagă ceva. Să-i spună...să nu-i spună? Putea oare să înţeleagă? Înainte de toate trebuia să priceapă el. De aceea făcuse câteva cercetări în legătura cu accidentul în care fusese Miruna implicată, fiindcă bănuia că ar avea ceva implicaţii în situaţia actuală. Îl găsise pe şoferul responsabil şi îl spionase o vreme (motiv pentru care Miruna nu îl mai văzuse după ce intrase în concediu vreo trei zile), dar nu i se păru nimic suspect, aşa că îl lăsă în pace.
- Deci?
Ea îl trezi din gânduri. Privirea i se limpezi.
- Cu ce ai vrea să încep?

## 5.

Ieși în fugă din baie cu prosopul înfășurat în jurul ei și cu părul picurând pe umerii albi și goi.

- Cine naiba o fi la ora as...? Oh, Doamne! Ți-am spus să nu mai apari așa! îi strigă Miruna, oprindu-se la timp ca să nu se lovească de el.

Încă nu se obișnuise cu ideea că nu putea, oricum, să-l atingă. Uita mereu.

- Veneam să-ți spun că sună la ușă. Îi răspunse Andrei, dându-se la o parte din drumul ei.

- Am auzit!

Se opri cu mâna pe clanță se se întoarse spre el, privindu-l suspicioasă.

- N-ai tras cu ochiul nu-i așa?

Andrei își mută privirea de la televizor la ea, cu fața mirată sub care zâmbetul ștrengăresc se chinuia să se ascundă. Trebuia neapărat să se abțină.

- Draga de tine, îi răspunse într-un final, credeam că ai reținut deja că eu văd lucrurile mult mai detaliate decât voi oamenii... Le văd...cum să-ți explic...le văd în profunzimea lor!

Cu ochii căscați cât cepele de uimire, Miruna deschise gura să-l apostrofeze puțin, apoi, înțelegând pe deplin ceea ce a vrut să spună, nu mai știa cum să se acopere mai bine, în timp ce buzele lui se lărgiră într-un zâmbet senin și satisfăcut. Scena fu întreruptă de sonerie și, profitând de ocazie, ea ieși rapid din living și se grăbi să deschidă, ca să nu mai apuce să se gândească la ceea ce tocmai se întâmplase și să se simtă atât de jenată încât să nu-l mai poată privi niciodată.

Mihai venise să îi aducă niște hârtii pe care le lăsase la birou din greșeală, în locul celor pe care le luase acasă. Surâse când o văzu tot trăgând de prosopul puțin prea îngust. Miruna rămăsese cu gândul la Andrei și își dădu seama că Mihai nu are "raze X" în priviri, numai când acesta îi spuse ironic:

- Am mai văzut femei goale la viața mea, așa că nu trebuie să te ferești de mine!

Se apropie încet, dar ea presimți gluma și strânse mai tare prosopul în jurul ei, iar când Mihai dădu să-l apuce, îi aruncă un zâmbet forțat, care striga: " Știam că asta vrei să faci!", subțiind ochii și mulțumindu-se să-i transmită printre dinți un simplu: "Mihai!"

- Bine, gata! se retrase omul, ridicând mâinile ca unul care se predă. Am plecat, că mă grăbesc! Am multă, multă treabă!

O sărută pe obraz și ieși vijelios, trăgând ușa după el.

Miruna oftă, dând ochii peste cap. Își luă hârtiile și intră în living-ul, pe care îl traversă rapid, fără ca măcar să întoarcă privirea spre Andrei, strecurându-se în dormitor. Își puse repede halatul și se așeză pe scaunul de la biroul mic, uitându-se atentă pe hârtiile aduse de Mihai.

- Mereu uiți că nu te poți ascunde de mine... se auzi vocea lui calmă, deși rămăsese în living.

Ea tresări și dădu ochii peste cap din nou.

- Da! Ce e drept, nici măcar n-aveam nevoie de prosop nu-i așa? Și nici de haine... A, da! Și nici nu era nevoie să tragi cu ochiul!

- Exact! Și nici nu e nevoie să strigi! Te aud oricum! Din păcate! adăugă, apărând lângă ea și zâmbind larg.

Simțind iritarea cum îi înroșește încet obrajii, Miruna se răsuci, gata să-l plesnească.

- E bine să nu te afișezi în fața mea acum. Sunt foarte, foarte, FOARTE iritată!

- De ce? se miră Andrei cu un glas cât mai nevinovat cu putință.

- Știi, câteodată... De fapt, bineînțeles că știi! Când, câteodată mai vorbesc cu tine fără să-mi dau seama și mă aud ceilalți, încep să mă ia peste picior spunând că aș avea un prieten imaginar. Uneori aș fi preferat să fie așa, măcar în felul ăsta nu mă mai considerau și eu nebună!

Andrei râdea pe înfundate. Când Miruna îl văzu, luă de pe pat o pernă și o aruncă spre el. Se feri, deși știa că nu-l poate atinge.

- Acum te simți mai bine?
- Mult mai bine, mulțumesc! zâmbi ea fals.
- Ce a fost cu tine azi? Ai fost iritată toată ziua!
- Crezi?
- Sunt atotvăzător... dar chiar tu ai spus-o mai devreme.

Se auzi din nou soneria.

- Poți să-mi spui cine e la ușă?
- Pot...

Miruna aștepta cu nerăbdare.

-...dar nu vreau!

Ea se "desumflă", încruntându-se.

- Ești neserios! De ce nu vrei?
- Că n-are farmec!

Miruna se duse să deschidă. Spre nefericirea ei, era Paula, vorbăreața și bârfitoarea ei vecină. "La dracu! își spuse. Ce-o mai vrea și asta?"

- Bună, Paula! îi zâmbi larg.
- Bună, dragă! Ce bine-mi pare că te găsesc acasă!
- Da, și mie îmi pare bine să te văd! minți Miruna. Te rog, intră să bem un ceai!

Se dădu la o parte din ușă, lăsând-o să intre, apoi o conduse în living.

- Stai jos!
- Sigur, sigur! zise aceasta, așezându-se pe canapea în fața unei măsuțe, pe care se afla un coșuleț cu biscuiți.

Paula se servi liniștită, în timp ce Miruna se duse la bucătărie să pregătească ceaiul.

Aici, îl găsi pe Andrei, râzând cu gura până la urechi.

- De ce râzi? se rățoi ea
- De tine!
- Te urăsc!
- Știu!

Când auzi răspunsul lui nu se putu abține să nu zâmbească "pe sub mustăți", pregătind farfurioare şi ceşti şi punându-le pe o tavă. Le duse în living şi le puse pe măsuța lângă biscuiți.

- Scuză-mă, până mă ocup de ceai. îi spuse Paulei, revenind în bucătărie.

- Știi că nu am vorbit serios când am zis că văd... începu el

- Mi-am închipuit! Altfel, cum crezi că aş mai fi suportat să te mai privesc vreodată?

- De văzut, te văd oricum când vreau, dar asta depinde...

- De ce anume depinde? se miră ea, sperând că există într-adevăr un mod prin care ar putea scăpa câteodată de el.

- Depinde dacă vreau eu să te văd!

- A, doar aşa?

- Da, n-ai încotro decât să mă suporți!

- Cred că încep să mă obişnuiesc. Dar ar fi şi mai drăguț, dacă mi-ai spune şi mie de ce trebuie să mă urmăreşti tot timpul...

- Secret de stat! Dacă îți spun va trebui să te omor!

Miruna râse.

- Bine, bine! Şi totuşi, aş putea să te rog ceva?

Andrei ridică sprâncenele întrebător spre ea, aşteptând.

- Data viitoare când vine Paula, să-mi spui, bine?

- De ce, draga mea, nu-ți place suspansul?

- În cazul ăsta, nu!

- Lasă, lasă! Mai socializezi şi tu puțin!

- Cu Paula nu socializezi! Cu Paula înveți să taci şi să asculți...oftă ea, ieşind cu ceainicul.

## 6.

Câteva luni totul se desfăşură cât mai normal posibil, exceptând faptul că demisionase deoarece şeful îi tot făcea avansuri. Nu putea să-l sufere: babalâcul dracului, cine se credea? Până avea să-şi găsească altceva de lucru putea trăi din micile ei economii. Cu toate astea îi lipsea activitatea de zi cu zi, iar la C.V.-ul postat pe internet nu apelase nimeni încă. Îşi ocupa timpul citind romane insipide, best-seller-uri, atât de previzibile încât cunoştea sfârşitul lor după primul capitol... Andrei se învârtea pe lângă ea, iritând-o, fiindcă o făcea să piardă rândul, iar pe el îl amuza cumplit. Ca să se răzbune, începea să-i pună tot mai multe întrebări indiscrete, până ce el se resemnă şi o lăsă singură o vreme.

În fiecare seară, când ieşea de la serviciu, Mihai trecea şi pe la ea, ca s-o mai "distreze". Miruna îl ruga mereu să rămână la un film şi nişte floricele ca în vremurile bune, dar el îi punea în faţă scuza că îl aşteaptă scumpa lui Valeria... ceea ce o făcea să îi pară rău că nu avea şi ea pe cineva. Aşa ar fi putut ieşi în oraş toţi patru.

Într-o după-amiază, pe când citea cu foarte multă "pasiune" unul dintre romanele poliţiste de duzină pe care i le făcea mereu cadou un unchi de-al ei, ( best-seller-urile pe care i le luase sora ei le terminase... Oare de ce toate rudele ei simţeau nevoia să îi cumpere cărţi de ziua ei? ) ochii începură să i se închidă...iar când îi deschise din nou, telefonul mobil se agita tremurător la capul ei pe canapea. Era şeful, fostul şef... Ştiind ce anume vroia să îi spună, preferă să nu îi răspundă, dar îl înjură zdravăn pentru că îi stricase bunătate de somn... Oftă şi se întinse din nou să se culce. Se răsuci şi se învârti vreo jumătate de oră până să ajungă la concluzia că nu mai putea dormi şi se plictisea teribil.

Aprinse T.V.-ul şi începu să schimbe posturile, fără, însă, a se concentra la ceea ce vede. Mintea i se golise de atâta plictiseală, era atât de goală că nici nu putea să proceseze imaginile de pe ecranul aparatului.

Se ridică și se duse în dormitor să-și aleagă niște haine pentru că i-ar fi surâs ideea să iasă puțin la plimbare. Când deschise dulapul, toate hainele se împrăștiară, căzând la picioarele ei.

- Te plicitsești? o întrebă Andrei de pe pat.
- Tu ai făcut asta?
- Nu!

Nu-l crezu, dar se apucă să adune hainele, să le strângă și să le pună înapoi în dulap.

- Uite, măcar acum ai ceva de făcut!
- Mulțumesc, ești foarte drăguț că mă susții moral!
- Dacă vrei, te însoțesc și la plimbare, după ce le strângi.
- Mă-nsoțești și dacă nu vreau...
- Asta așa e... Te deranjează așa de tare? o întrebă el foarte serios.

Miruna îl privi lung cum stătea întins pe pat, proptit în cot, urmărindu-i fiecare mișcare. Se gândi câteva clipe: oare chiar o deranja? Nu îi trecuse prin minte asta.

- Nu cred!
- Vecina ta, Paula, tocmai și-a prins degetul în ușă!

Ea bufni în râs.

- Ești indiscret! Că veni vorba, poți citi gândurile?
- Da, dar doar dacă vreau...Și, de obicei, nu vreau pentru că e foarte obisitor...mai ales când sunt gândurile unei femei. îi răspunse, dând ochii peste cap la ultimele cuvinte.
- Ce...!

Miruna se abținu.

- Porc! Da, știu! Și mă și urăști pe deasupra!

Tocmai pusese în raft ultima bluză, când din apartamentul de deasupra se auzi o bufnitură ciudată. Amândoi își îndreptară privirile spre tavan.

- Ce a fost asta?
- Bătrâna de sus a căzut! îi spuse el, sărind din pat.
- A! S-a rănit?
- Nu...
- Atunci e bine! Presupun că o să fie bine! se liniști ea.

- Nu, nu! E ceva în neregulă!
- Ce? se alarmă Miruna din nou.
- Nu ştiu! Nu prea-mi dau seama. E mult fum în casă.
- A! Foc!

Miruna se repezi la uşă. Îşi luă rapid papucii în picioare şi urcă scările până în faţa apartamentului bătrânei. Bătu, dar nu îi răspunse nimeni. Se întreba ce ar trebui să facă: să sune la salvare sau la pompieri sau la amândouă...

Cât se gândi ea, uşa se deschise încet. Miruna intră, dar din cauza fumului abia dacă vedea pe unde să meargă.

- Doamnă Oprea! strigă ea printre tusete.
- Cine e? răspunse femeia, care tocmai intra în hol cu mâna întinsă.

Era pe jumătate oarbă.

În urma bătrânei, apăru şi Andrei, proptindu-se calm de tocul uşii!

- Sunt Miruna!
- Vai, fumul a ajuns până la tine?

Femeia se grăbi pe bâjbâite în bucătărie, unde uitase ceva la cuptor.

- Doamne! O mai fi rămas ceva?

Deschise geamul larg şi, fluturând cu o cârpă aproape udă, dădu fumul afară.

Când lucrurile se mai liniştiră, se apropie de Miruna, oftând.

- Oh, de la o vreme, nu mai ţin minte lucrurile importante... Iartă-mă, dacă te-am speriat, te rog...Oh, şi căzătura aceea!
- V-aţi lovit?
- Doar câteva vână...

Tăcu brusc, ridicând ochii spălăciţi spre ea. Părea că o studiază, dar nu vedea decât ceaţă.

- Ai un înger aproape de tine... Eşti binecuvântată...şopti bătrâna, întinzând mâna să o apuce pe cea a Mirunei.

Fata tresări uimită, privindu-l pe Andrei. Avea aceeași expresie de uimire. Dădu din cap spre el întrebând: "Ce vrea să zică?", iar Andrei ridică din umeri, făcând un semn în dreptul tâmplei cum că femeia ar fi nebună.

- Ăăă, da, ăăă, mă scuzați, dar eu ar trebui să plec... Am lăsat ușa deschisă acasă. Mă bucur că sunteți bine...

Până să se dezmeticească femeia, Miruna dispăruse pe scări. Se trânti agitată pe canapea, gândindu-se la ce auzise cu câteva clipe în urmă. Andrei dispăruse... Probabil se ferea de întrebările ei. Nu putea fi o coincidcență... Bătrâna știa ceva, ceva ce el îi ascundea...

## 7.

Câteva zile Andrei nu se arătă deloc, ceea ce pe Miruna o pusese pe gânduri. Se întrebă dacă nu cumva putea să fie prin preajma ei fără să-l vadă... De câteva ori îl strigă, dar nu îi răspunse. Îi lipsea prezența lui... și se obișnuise într-atât să vorbească cu el, încât acum singură îi era greu să se abțină. Îi circulau o mulțime de întrebări și suspiciuni prin gând, unele se băteau cap în cap și totuși nici așa nu și le putea alunga din minte.

Într-o noapte visă accidentul stupid prin care trecuse, doar că de data asta se rănise grav la picior. Femeia care chemase ambulanța era asistentă și îi spusese că s-ar putea ca doctorii să i-l amputeze. Miruna începu să plângă. Când ajunse salvarea, ea îl înjura de zor pe șoferul neatent care o lovise și care stătea căit lângă ea, cerându-și scuze. Tocmai se pregătea să-i ardă vreo două cu geanta după ceafă, dar o mână agilă o opri. Se întoarse și văzu o uniformă albă de doctor, care coborâse din ambulanță. Era Andrei... Îl privi cu uimire:

- Unde-ai fost până acum?
- Se circulă greu...

Alte uniforme apărură cu o targă.

- Încet, băieți, piciorul nu trebuie mișcat, le spuse Andrei.
- Și ei te văd? se miră Miruna, în timp ce ceilalți doi o ridicară și o puseră pe targă.
- Păi, sigur că mă văd. De ce nu m-ar vedea?

Un imbold ciudat o făcu să se bucure așa de tare încât, parcă vindecată, se agăță de gâtul lui zâmbind.

- Ce bine! Acum nu vor mai râde ceilalți de mine că vorbesc singură!

Găsi atâta încântare în faptul că putea să îl atingă, că somnul ei se adânci şi mai profund şi nici nu auzi telefonul sunând de dimineaţă. Când se trezi, mai lenevi în pat multe minute, minunându-se de visul pe care îl avusese şi se întrebă de ce nu putea să îl atingă şi în realitate. Apoi îşi dădu seama că nu ştia exact care era realitatea.

Îi pusese atâtea întrebări la care el refuzase să îi răspundă, încât se resemnase.

Cu greu se ridică să meargă la bucătărie să-şi facă o cafea.

- Eşti aici?

Nici un raspuns.

- Hai, răspunde-mi! Eşti supărat? Îmi fac griji pentru tine...

Tot nici un răspuns. Miruna oftă, amestecând deprimată şi visătoare în cană... Privind pe geam, începu să fredoneze aiurea...Afară era cald şi frumos. Ar fi mers la plimbare, dar nu avea cu cine. Măcar Andrei îi ţinea de urât... chiar dacă de obicei se ciondăneau exact la începutul plimbării şi pe urmă stăteau bosumflaţi tot restul zilei. Reveneau la normal a doua zi, prefacându-se că nu s-a întamplat nimic.

„Cine ar fi crezut că o să îmi lipsească aşa de mult? Mă întreb dacă a plecat din vina mea sau din vina a ceea ce a spus bătrâna. Sau poate a hotărât să plece pur şi simplu! Să fi renunţat la misiune? Nu cred."

Oftă din nou şi mai luă o gură de cafea. Vorbele bătrânei nu îi ieşeau din minte şi se simţea tentată să meargă să vorbească cu ea, dar nu prea avea curaj. Poate că îi era teamă de ceea ce ar putea să afle.

„Poate chiar acum îmi citeşte gândurile... Cred că aşa m-ar putea supraveghea de la distanţă. Hm... aş spune că nu e prea frumos din partea lui..."

Dintr-odată simţi că se înroşeste pentru gândurile care ar putea fi citite.

„Cred că gândesc prea mult... Ar trebui să nu mă mai gândesc la el sau la ceva legat de el... Ar trebui să îmi găsesc ceva de făcut şi încă foarte repede... La naiba! De ce e aşa de complicat să nu mai gândeşti?"

O vreme se preumblă prin casă strângând patul, apoi facu un duş unde se relaxă citind o revistă cu raclame pentru mobilă. Până la prânz îşi pierdu vremea pe la calculator, tot încercând să uite de faptul că era curioasă.

Până la urmă ajunse la concluzia că dacă Andrei avea să o urmărească în continuare trebuia şi ea să ştie câte ceva despre el şi misiunea asta ciudată şi ăsta era un motiv suficient de bun ca să pună întrebări şi să afle lucruri pe care el nu vroia sa i le spună!

Aşa că se îmbrăcă, îşi luă papucii şi urcă la doamna Oprea pentru lămuriri.

Bătrâna o primi încântată şi o servi cu un ceai.

- Îmi pare bine că te-ai intors! Vroiam să ştiu mai multe despre Îngerul tău, dar cred că ţi-ai închipuit că sunt nebună când ţi-am spus!

- Înger? E ca povestea aceea cu Îngerul Păzitor pe care îl trimite Dumnezeu la naştere?

- Nu chiar! E cam greu de explicat. Şi eu am avut un Înger care m-a ajutat o vreme. Ei apar, de obicei, la un moment de răscruce în viaţa noastră şi ne oferă îndrumare ca să putem lua decizia corectă.

- Şi care a fost momentul de răscruce la dumneavoastră?

- Moartea părinţilor mei. A doua zi am simţit prezenţa Îngerului aproape de mine. Comunica cu mine prin diferite stări de spirit care îmi confirmau sau infirmau decizia luată. Era aşa... cum să zic... ca o presimţire.

- Adică nu l-aţi văzut niciodată?

- Nu. Dar am auzit că alţii i-au văzut! Tu l-ai vazut?

- Ăăăă, păi nu ştiu... ăăă, de fapt am avut nişte vise mai ciudate...nu ştiu dacă persoana aceea era un Înger, minţi ea. Doar că nu îmi dau seama ce schimbare în viaţa mea a determinat apariţia aceasta.
- Deci ştiai înainte să vii la mine...
- Oarecum.
- Ai vorbit cu el în visele tale?
Miruna dadu din cap, uitând că bătrâna nu vede prea bine.
- Şi dumneavoastră mai simţiţi acele...presimţiri?
- O, nu! Eu mi-am găsit calea demult.
„Asadar, trebuie sa imi gasesc calea... si el va pleca..."
- Cum v-aţi dat seama că aţi găsit-o?
- Simplu: n-am mai avut îndoieli.
Miruna plecă de la vecina ei mai confuză decât venise. Se întoarse în apartament unde cafeaua pe care nu o băuse, se răcise. Se aşeză pe un scaun la masa goală revenind la ideile care nu îi dădeau pace de când plecase Andrei.
- Îmi pare bine că iţi lipsesc. îi zise, apărând brusc în faţa ei.

8.

Ea tresări aproape scăpând cana din mână!
- Oh! De câte ori nu ți-am spus...
- Știu, știu, te-am speriat! Dar m-am gândit că ai să te bucuri că mă vezi.
- Mă bucur, dar...
Oftă, lăsându-se pe spate și proptindu-se de spătarul scaunului. Se bucura cu adevărat, de fapt, se bucura atât de tare încât ar fi vrut să îi sară în brațe ca în visul ei, precum un copil care tocmai a primit o acadea. Singurul impediment era că el nu era o persoană fizică. Trupul lui, la prima vedere, arăta ca al oricărui bărbat, însă ea știa că, dacă încercai să-l atingi, mâna nu simțea nimic, doar aer, deși prezența lui era clar vizibilă.
Acum că era în fața ei, nu îi mai venea la îndemână să-i pună toate întrebările care îi treceau prin minte. Și totuși, se gândi puțin, cu ochii la el, întrebându-se de-abia acum dacă o deranja întoarcerea lui...
Andrei stătea proptit de dulapul cu vase. Părea cufundat în gânduri, cu privirea ațintită în podea și cu mâinile în buzunare.
- Ești un Înger?
O privi brusc. Miruna crezu că întrebarea l-a șocat, dar asta nu era posibil, pentru că el știa tot ce gândea. Îi zâmbi dezaprobator, dând din cap.
- Nu trebuia să te duci. Bătrâna e puțin senilă...
- Mie mi s-a părut destul de lucidă. În plus, mi se pare corect să știu și eu câte ceva despre tine, dacă tot trebuie să mă urmărești. Tu știi tot...
El își reluă poziția de gânditor.
- Am auzit că mai sunt și alți oameni care ne pot vedea. Până la tine, eu nu am întâlnit nici unul. Am fost luat prin surprindere, deci nu știu chiar tot.
- Știi tot despre mine...

- Sincer, nu m-am întrebat niciodată dacă știu cu adevărat totul despre tine, dar am avut întrebări la rândul meu și a trebuit să fac investigații.
- De aceea ai plecat?
- Da. Oricum, bătrâna mi-a dat puțin planurile peste cap, pentru că, fiindcă de obicei, oamenii nu ne pot vedea, ei nu au nevoie să știe nimic. Mulți nu concep existența noastră.
- Așadar, sunteți mai mulți?
- E logic!
- Dar cei care vă văd, așa ca mine, tot nu trebuie să știe nimic despre voi?
- Ei, bine, despre asta m-am interesat și am aflat că oamenii care ne văd, în general, ne cunosc misiunea.

Ea zâmbi încântată, ridicându-se și venind în fața lui. Bătu din palme, nerăbdătoare cu ochii strălucindu-i de curiozitate. Andrei râse, privind-o. Vru s-o necăjească, dar preferă să nu o facă.
- Sunt un simplu Gardian.
- Cum adică: "un simplu"?
- Păi, există și la noi diferite ranguri și situații sociale. Diferența e că la noi problema nu e tratată așa tacit ca în lumea voastră, pentru că nu e necesar. "Gardianul" este unul dintre cele mai inferioare ranguri. "Îngerul" este rangul suprem... Înaintea "Gardienilor" există doar "Învățăceii" care învață cum să devină "Gardieni". Misiunea noastră seamănă cu ceea ce ți-a spus bătrâna. Noi, de fapt, trebuie să vă influențăm deciziile și alegerile, astfel încât să găsiți "calea cea dreaptă". Desigur, în limita bunului simț.
- Și apoi dispăreți pur și simplu? întrebă Miruna agitată.
- Da.
- Câți oameni au mai fost înaintea mea?
- Destui. Nu i-am numărat.
- Dar ai fost vreodată om?
- Da. Am fost acum foarte mult timp.

- Şi îţi mai aminteşti cum era? Cum te numeai? Unde locuiai? Ce naţionalitate aveai? Cum ai murit? Unde e mormântul tău? Îl vizitezi? Cum e să mori?

- Mai răsuflă! îi strigă el râzând.

Miruna închise ochii, simţind lacrimi înglodind-o de bucurie, dar zâmbind. Era emoţionată.

- Îmi pare rău, doar că am aşteptat cam mult până să te pot întreba toate astea.

- Printr-o coincidenţă bizară în timpul vieţii mă numeam Andrei Vulpescu. M-am născut, am copilărit şi trăit în Timişoara. Am murit la 34 de ani într-un accident de maşină, odată cu şoferul şi o femeie care s-a nimerit între maşină şi zidul în care a intrat. Nu am fost căsătorit niciodată şi, din câte ştiu, nu am avut nici copii. Mai am rude în viaţă, dar prefer să nu le vizitez. Mormântul meu e în Timişoara alături de cele ale părinţilor mei. Şi pe astea prefer să nu le vizitez. Sentimenul de a muri este foarte neplăcut, dar nu vei scăpa niciodată de el.

Îi spuse totul dintr-o suflare şi se feri s-o privească. Când ridică totuşi ochii spre ea, fu surprins să o vadă plângând. Retrospectiva vieţii lui îl făcuse să nu mai fie atent la ea.

- De ce plângi?

- Nu ştiu! Dar ai spus toată povestea cu o indiferenţă atât de vizibil falsă încât...

Îi simţea durerea până în măduva oaselor, deşi el se străduia să o ascundă.

- Mda...Trebuia să îmi dau seama că tu ai să observi. Tu ai fost altfel decât toţi ceilalţi în toate privinţele.

Miruna se apropie şi mai mult de el. Ridică mâna la nivelul feţei lui, vrând să-l mângâie, dar îşi aminti că nu poate şi mâna coborî. Sufletul ei se strânse. El o privi lung şi înţelese ce vroise să facă. Realiză că era teribil de pierdut şi de singur. De mult nu mai simţise o mângâiere.

- Cred că ai fost foarte frustrat că ai murit atât de tânăr. Și cred că vrei foarte mult să-ți vezi rudele, dar nu te simți în stare fiindcă știi că te va durea cumplit. Probabil și eu m-aș simți la fel.

Ochii lui verzi erau umezi, dar mai mult de dragul ei, mai mult de ideea că a impresionat-o atât de mult povestea lui. În momentul acela și el și-ar fi dorit să o poate atinge. Avea dreptate: fusese foarte frustrat că murise atât de brusc și atât de tânăr și ar fi vrut să își vadă rudele, dar Miruna nu știa că, și dacă s-ar fi simțit în stare să meargă să-i vadă, îi era interzis.

- Nu am voie să îi văd...îi zise cu voce stinsă. Superiorii consideră că este în dezavantajul nostru.

Vraja se rupse. Andrei oftă, mișcându-se puțin de la locul lui ca să nu mai fie nevoit să îi vadă ochii înlăcrimați tremurând. Îl făceau să aibă o senzație ciudată, ca aceea de înmuiere a genunchilor pe când trăia încă. Toată ființa ei îl făcea să se fâstâcească, să-și piardă șirul ideilor și concentrarea. Pierdea adesea controlul asupra ei, lucru care nu i se mai întâmplase niciodată de când era "Gardian".

- Mai ai întrebări?

Ea scutură capul, își trase nasul și își șterse ochii cu dosul palmelor, așezându-se pe scaun.

- De ce nu pot să te ating?
- Facem parte din lumi diferite.
- Așadar nici tu nu mă poți atinge.
- Nu, nici eu.
- Îmi pare bine că te-ai întors.
- Știu. De aceea m-am întors.

Miruna îl privi uimită.

- Pentru că ți-era dor de mine și erai complet dezorientată. Ca un pește fără apă.
- Aha! Deci știai! Misoginule! îi strigă, râzând.
- Draga mea, trebuie să te contrazic! Când trăiam eram chiar grozav de afemeiat. Moartea mi-a pus capac.
- Și atunci cum de-ai ajuns în Rai?

- Nu stau în Rai. Acolo stau doar "Îngerii". Restul stăm în Purgatoriu. Pe măsura ce ne răscumpărăm păcatele avansăm în grad și dacă e cazul ajungem acolo. Mă îndoiesc că va fi și cazul meu.

- De ce?

- Păi, trebuie să răscumpărăm toate păcatele, adică și pe cele pe care le faci în Purgatoriu.

- Și ai multe?

El râse.

- Nu prea știu. Cert e că sunt Gardian și îmi place. Poate din motivul ăsta am mai multe păcate decât alți Gardieni.

- Sunt și femei Gardieni?

- Bineînțeles. Ți-am spus: e ca și în lumea voastră.

- O! Adică pleci seara de la serviciu și te duci acasă la soția ta strigând din ușă: „Dragă, am venit!", te așezi la masă așteptând cina în timp ce ea vine, te sărută și te întreabă: "Cum a fost azi la serviciu, dragule?", iar tu răspunzi: "La fel ca întotdeauna!"?

Andrei râse cu poftă de expunerea ei.

- Da, există și astfel de lucruri. Dar, uită-te la mine: arăt eu a genul ăla de Gardian?

Fu rândul rândul ei să râdă.

- Nu, presupun că nu.

**9.**

- Simiți nevoia să dormi?
- Câteodată...îi răspunse el cu un surâs afectuos pe față.

De când aflase adevărul, continua să îi pună întrebări în fiecare zi. Se minuna de unde îi vin toate ideile, cu toate că micile ei curiozități erau firești, pentru el erau atât de comune în lumea lui încât nu și-ar fi închipuit că cineva avea să îl întrebe despre ele vreodată.

Era seara, destul de târziu. Miruna avea a doua zi un intreviu pentru un nou loc de muncă și încă nu dormea din pricina curiozității ei. Stătea întinsă pe pat, proptită într-un cot cu fața spre el. La rândul lui stătea într-o poziție simetrică ca să o poată vedea.

- N-ar trebui să dormi? Mâine ai treabă.
- Nu pot să dorm nici dacă vreau.
- Dar măcar vrei?
- Nu.
- Mă gândeam eu. Dar ce vrei?
- Vreau să știu mai multe despre tine.
- Mai e ceva ce n-ai aflat încă?
- Da.

Andrei o privi întebător.

- Cum ar fi?
- Cum ar fi de ce ai apărut în viața mea? Sau mai bine zis de ce acum?
- Accidentul...îi răspunse el cu o privire pierdută.

Urmărea cu ochii minții întâmplarea.

- Nu pari prea hotărât.
- Asta pentru că încă nu mi-am dat seama de motivul pentru care am fost trimis să te ajut. Nu îmi dau seama ce anume s-a schimbat după acel accident.
- Păi, nu ar fi trebuit să ți se spună?
- Evident că nu, altfel misiunea mea devenea pe jumătate inutilă.

Miruna căzu o clipă pe gânduri.

- E ciudată lumea asta a voastră...
El nu îi răspunse. Se gândea că toți oamenii pe care îi ajutase înaintea ei fuseseră atât de insipizi și lipsiți de importanță, dar ea... ea îl putea vedea, ea îi vorbea și nu se temea. Situația îl fascina pur și simplu. Se întreba acum dacă, după ce Miruna nu va mai avea nevoie de el, putea oare să plece și să nu o mai vadă niciodată; sau dacă s-ar mai putea obișnui cu un om care nu îl putea vedea și cu care nu ar putea vorbi... Miruna schimbase ceva pentru totdeauna, ba chiar se gândi pentru o clipă că poate el e cel care trebuie ajutat și nu ea, că de fapt accidentul era un moment de răscruce în existența lui destul de lipsită de evenimente în calitate de Gardian. Poate era timpul pentru o schimbare, un nou scop de atins, nu doar să rămână Gardian pentru eternitate.

Miruna îl privea pierdută, dându-și totuși seama că se gândește la ceva. Nu îndrăzni să îl întrerupă. De-abia când văzu că ochii lui încep să se limpezească și să se întoarcă spre ea, îl întrebă:

- La ce te gândești?
- Mă gândeam că...

Pentru o secundă fu tentat să îi spună: " Mă gândeam că mi-e ciudă că nu te pot atinge, și mai ciudă îmi e că nici tu nu mă poți atinge, mai ales când știu că îți dorești asta și că...eu îmi doresc asta și..."

Închise ochii și își potoli cu greu avântul vorbelor acelea pe care fu nevoit să le ascundă. Se bucura că ea nu poate citi gândurile.

- Mă gândeam că nu dormi încă și nu e bine.
- Ce mincinos ești! Și ăsta e un păcat, să știi! N-o să ajungi niciodată un Înger dacă mai continui așa!
- Crezi că vreau să ajung Înger?

Miruna tăcu mirată.

El se ridică pe jumătate și își propti spatele de peretele de lângă pat.

- Tu vrei să ajung Înger? o întrebă din nou.
- Nu așa e normal?

- Normal e cum îți dorești tu să fie!
- Adică să vreau eu în locul tău?
- Nu! râse el. Vorbeam în general.
- Nu știu! Credeam că toată lumea vrea să ajungă cât mai sus... eu nu aș vrea să pleci...
- Chiar de-ar fi să fiu numit Înger nu s-ar întâmpla asta decât după ce mi-am încheiat misiunea și numai dacă vreau eu.
- Cum? Poți refuza rangul superm?
Andrei dădu din cap senin. Părea că gândurile lui au fugit iar departe. Apoi tresări brusc și se întoarse spre ea.
- Gata! E timpul să dormi.
Spunând asta ar fi vrut să îi închidă el însuși ochii precum copiilor mici pe care nu mai reușești să adormi nici cu povești fiindcă ei mai găsesc încă lucruri la care să întrebe „ De ce?", dar își aminti că nu poate și-și înfrână gesturile rapid.
Ea se răsuci cu spatele și tăcu o vreme. Andrei își reluă meditația, atent totuși la Miruna. Când își aținti privirea asupra ei, îi veni ideea să-i citească măcar câteva minute în minte, dar gândurile ei erau așa de multe și încurcate încât renunță imediat. Nu avea energia necesară să le descurce acum.
- Știu că nu dormi, așa că nu te mai chinui să mă convingi.
Se răsuci din nou spre el.
- O întrebare mică, mică...
- Mâine dimineață.
- Te rog...
- Dacă te culci am să-ți răspund mâine.
- Nu mă culc până nu îmi răspunzi.
- Mă șantajezi?
- Nu! Nu asta am vrut să spun. Am vrut să spun că nu pot să dorm dacă nu îmi răspunzi! Nu te șantajez, că nu vreau să ajung în Iad! Că veni vorba, există Iadul?
- Există. Acum ce-ar fi să te culci?

- Există şi Reîncarnare?
Andrei oftă.
- Există şi Reîncarnare.
- Şi cum de tu nu te-ai Reîncarnat?
Renunţă să o mai convingă să doarmă. Până la urmă atunci când îi avea în grijă pe ceilalţi oameni se plictisea cumplit când trebuia să le supravegheze somnul.
- Reîncarnearea este o pedeapsă echivalentă în lumea voastră cu condamnarea la moarte pentru păcate grave săvârşite în Purgatoriu sau chiar şi în Rai.

## 10.

În fața lui se întindea un coridor lung cu uși și pe dreapta și pe stânga. Pe fiecare ușă scria un număr, numărul celui care ocupa biroul. În capăt era o ușă dublă pe care nu scria nimic. În dreptul ei era un Gardian cu o agendă în mână. Se plimba de colo colo ca o pisică ce nu-și găsește locul. Când îl văzu, îl întâmpină nervos:

- În sfârșit! Unde-ai fost până acum? îl întrebă în șoaptă, apoi mai tare ca să fie auzit în cealaltă cameră: Numărul?
- 180520.
- Poți intra!

Gardianul îi deschise ușa. Din prag putea vedea un birou mare și în spate o fereastră, astfel încât cel care stătea la birou se vedea doar ca o umbră. În cameră mai era o cruce albă pe peretele lateral și atât.

- Bine-ai venit, număr 180520 sau cum îți spune ea...Andrei. Bizară coincidență, nu-i așa, că ea ți-a pus numele pe care de fapt l-ai avut cândva? îi spuse umbra, referindu-se la numele pe care îl purtase în timpul vieții. Fata asta mă pune serios pe gânduri... Pe tine, nu?
- Domnule...ați vrut să mă vedeți. Este pentru prima dată când am această onoare.
- Da, e adevărat, deși ești unul dintre cei mai buni Gardieni...multă experiență...
- Domnule...începu Andrei modest, dar chiar atunci, cel de la birou se ridică și veni în fața lui.

Era înalt, slab, cu părul lung și alb atârnând până la mijloc, cu ciocul tot alb, dar scurt și ascuțit în vârful bărbiei, cu ochii albaștri și blânzi și îmbrăcat cu un soi de robă bleu. Andrei păru fascinat de această apariție. Rămase mut câteva clipe.

Supremul Gardian îi întinse mâna și el o apucă, neștiind ce ar trebui să spună. Chiar dacă ar fi știut, nu ar fi putut-o face pentru că avea gâtul uscat de emoție.

- Te-am chemat fiindcă vreau să discutăm. Ia loc!

Îi arătă un scaun în fața biroului.

- Știi, ne întâlnim pentru prima dată, dar s-ar putea să fie și ultima.

Andrei nu înțelese sensul acestor cuvinte și, decât să facă vreo gafă, preferă să nu afișeze nici o reacție.

Supremul Gardian îi zâmbi blând.

- Am fost numit Înger.
- Felicitări, domnule!

Se ridică și dădu din nou mâna cu el.

- Mulțumesc, mulțumesc mult. În sfârșit mă pot retrage și odihni.

Supremul Gardian oftă și se așeză la birou, făcându-i semn și lui Andrei să stea.

- Despre asta vroiam să-ți vorbesc!
- Despre retragerea dumneavoastră?
- Da! Nu e nimic de mirare.

Răsuflă în sinea lui. Se temuse că vor să-i ia cazul.

- Trebuie să las pe cineava în locul meu, nu? Crezi că te-ai descurca la fel de bine și în postura de Suprem Gardian?

Andrei îl privi școat.

- Eu? Superm Gardian?

Ochii și zâmbetul blând al superiorului său îl convinseră că nu glumea.

- De ce nu ați ales unul dintre Supervizori? Nu credeți că ar fi mai potrivit?
- Te-am ales pe tine pentru că am considerat că ai o experiență mai vastă decât a lor. De fapt, acum ceva timp am vrut să fii numit Supervizor, dar cel al cărui loc trebuia să îl ocupi a refuzat să se retragă. Presupun că i-a fost teamă că ai să ajungi în locul meu și el nu... Nu și-a dat seama însă că eu pot să te numesc Superm Gardian fără să fii Supervizor, la fel cum el poate ajunge Înger fără să fie Superm Gardian.
- Domnule, aș fi foarte onorat să vă urmez, dar nu știu dacă sunt pregătit... E o responsabilitate mare...
- Eu cred că ești pregătit. îl întrerupse superiorul.

Andrei nu se gândise până atunci la ridicarea în grad sau cel puțin nu la modul serios. Totuși avea un sentiment atât de plăcut, știind că Supremul Gardian îl consideră unul dintre cei mai buni Gardieni, suficient de bun încât să-l numească în locul lui.

- Deci! Ne-am înțeles! Nu accept nici un refuz. Peste două săptămâni ai să te prezinți aici pentru a-ți lua în primire biroul.

- Două săptămâni? strigă el speriat.

Supremul Gardian dădu încet din cap aprobator.

- Și misiunea mea?

- Nu crezi că te descurci până atunci să o îndeplinești?

- Nu știu! Încă nu mi-am dat seama exact nici ce ar trebui să rezolv!

- Ei bine... când eram eu Gardian, primul lucru pe care îl făceam era să caut problemele persoanei pe care o aveam în grijă...de ordin personal, familial, religios sau mai știu eu ce...

Andrei urmărea cu mintea fiecare element din enumerarea celuilalt: probleme sentimentale? Miruna era singură de aproximativ doi ani și din câte știa nu mai simțea nimic pentru cel pe care îl părăsise... Din punct de vedere religios, era de asemenea cât se poate de normală.

Probleme familiale? Întrebarea îl lovi precum un fulger.

- Înțeleg că ai avut o revelație? surâse larg Supremul Gardian.

Andrei zâmbi la rândul său.

- Da, așa cred!

- Asta e foarte bine! Ești liber!

Se ridică de pe scaun și se întoarse spre fereastră, părând preocupat, dar continuând să zâmbească.

- Mulțumesc, domnule!

Numărul 180520 se înclină și ieși vijelios.

Superiorul se întoarse și privi satisfăcut în urma lui. Strecurase cu intenție acel indiciu prețios pe care Andrei îl sesiză imediat! Asta avea să-l ajute să încheie misiunea chiar mai devreme de două săptămâni, pentru că era într-adevăr unul dintre cei mai buni Gardieni și merita avansarea în grad. De altfel, Supremul Gardian simțea un pericol mare pentru numărul 180520, dar pe care cu ajutorul promovării avea să-l evite, pentru că în dorința lor de ascensiune până și Îngerii orbesc, omițând lucruri mai importante. Putea să-l scape pe Andrei cel puțin pentru moment.

## 11.

Se plimba agitată de aproape o oră în fața ușii pe care scria "Interviuri", deoarece persoana care se ocupa de angajări întârziase din pricina traficului. Înaintea ei mai erau două tinere. Una era blondă cu ochii albaștri, îmbrăcată elegant cu un costum deux-piese cu fustă scurtă de un grena sângeriu. Cealaltă era roșcată cu ochii căprui și purta ochelari. Avea tot un costum din două piese negru cu dungi subțiri albe, dar cu pantaloni lungi. La rândul ei, Miruna, se îmbrăcase elegant, dar simplu cu o pereche de pantaloni la dungă negri și o bluză albă cu nasturi. Se simțea eclipsată de celălalte două și era atât de nervoasă că îi venea să plece și s-o lase baltă. Începuse să-și roadă unghiile, bătând din picior nerăbdătoare.

- Termină cu obiceiul ăsta de prost gust! strigă Andrei, apărând lângă ea.

Miruna își înghiți un țipăt, tresărind.

- Unde-ai fost până acum?
- Am avut puțină treabă. Am să-ți povestesc după ce termini cu interviul. Și, că veni vorba, nu mai fii așa încordată. Vei primi postul!
- Serios? Eu? Dar fetele astea sunt mai bune ca mine...
- Nu fii prostuță! Tu crezi că ăștia aleg după înfățișare? Firma asta e serioasă și caută oameni competenți.
- Mă enervează să aștept... oftă Miruna.
- Ei, haide!

Ea continuă să se plimbe de-a lungul coridorului. Andrei stătea proptit de perete, urmărind-o pe jumătate amuzat, pe jumătate melancolic. Știa acum care era misiunea lui și stia că era suficient și o oră ca să o încheie, ceea ce nu-i pica tocmai bine. Îi era greu să renunțe la Miruna. Se obișnuise lângă ea, se obișnuise să vorbească cu ea. Ca Superm Gardian nu va mai primi misiuni, ci avea doar să le coordoneze și să le distribuie altor Gardieni.

Oftă și își plecă ochii, gândindu-se cum să-i spună: în primul rând despre misiune și mai apoi de noua sa postură în societatea Îngerilor. Și din toate frământările sale, una singură se distingea mai presus de toate ca uleiul deasupra apei: "O să-mi fie dor de ea!". Încercă să alunge aceste cuvinte din minte, dar nu putea. Pierduse concentrarea asupra Mirunei și era acum ca un om: fără să fie atent la ce simte ea, la ce gândește, la ce va fi.

- Andrei! Andrei! strigă ea pe șoptite.

El ridică privirea ca unul trezit din somn cu o palmă zdravănă peste ceafă.

- Poftim?
- Vreo doamnă Gardian ți-a furat gândurile?

Andrei afișă un zâmbet trist și resemnat.

- Mă scuzi! Mă gândeam la ce trebuie să-ți spun.
- Și?

Întoarse brusc capul spre ușa pe care scria "Interviuri", apoi se răsuci înapoi spre Miruna.

- Pregătește-te, te vor chema!

Abia apucă să-și niveleze puțin cutele bluzei, că o femeie apăru pe hol și o strigă.

După o jumătate de oră ieși învingătoare așa cum îi spusese Andrei. Îi venea să-i sară în brațe, dar când își amintea că nu poate... toată bucuria se sfărâma.

- Știi ce? începu Miruna când ajunse acasă, acum îmi dau seama că... poate ar fi fost mai bine să nu te pot vedea, la fel ca toți ceilalți!

Andrei îi înțelegea tristețea și parcă ar fi avut în fața ochilor sufletul ei, strângându-se. Preferă să nu răspundă.

- Vreau să te întreb ceva.
- Întreabă-mă! răsuflă ea resemnată, începând să-și deschidă nasturii bluzei și pregătindu-se de duș.
- Cum te înțelegi cu familia?

Își desfăcu părul, răsucindu-se mirată spre el, spre surprinderea lui cu bluza descheiată.

- Destul de bine, de ce?

Andrei înghiți în sec, încercând să-și mute privirile de la dantela care acoperea atât de frumos sânii Mirunei.
- Spune-mi despre rudele tale.
- Păi, nu e mare lucru de zis... Mama, tata, sora mea și un unchi din partea mamei, celibatar și bătrân. Dar de ce mă întrebi?
- Acum știu care e misiunea mea, din păcate, ție s-ar putea să nu-ți pice prea bine.
- Bine, povestește-mi cât sunt la duș.
- Aș prefera să-ți spun față-n față... dar mai întâi, fă-mi te rog plăcerea și dezbracă-te!
Știa că, dacă i-ar fi spus să se acopere, ar fi râs de el și i-ar fi făcut în ciudă. Spunându-i astfel, i-o luă înainte și-i atrase atenția, e adevărat că nu prea subtil, asupra bluzei.
Miruna se strâmbă la el, strângându-și cămașa pe lângă trupul mic.
- Te-ascult!
Andrei își luă avânt.
- Știi, părinții tăi...
- Da?
- ...nu sunt părinții tăi naturali!
- Poftim?
Tăcu câteva minute.
- Glumești, nu?
- Sunt glumeț de felul meu, dar cu astfel de lucruri nu îmi permit să glumesc!
- Ok! zise ea, încercând să depășească șocul. Se dădu doi pași mai în spate, aplecându-se puțin, vrând să se așeze.
Uitând, că stătea în mijlocul camerei, căzu direct pe covor. Inima îi bătea agiatată și tremura îngrozitor.
- Mai ai și alte vești din astea?
- Mă tem că da! Tu și sora ta ați fost adoptate, tu de la naștere, după ce a murit mama ta și ea de la un orfelinat, când avea trei ani.

Prea multe informații de-odată pentru o minte deja mult prea bulversată de ceea ce auzise cu puțin timp înainte. Dar Miruna scutură capul, pe care încerca din răsputeri să nu îl piardă printre atâtea vești noi, clipi de câteva ori ca să-și alunge lacrimile ce amenințau să apară, apoi respiră lung de câteva ori ca să se calmeze.

- Și părinții ei?
- Au murit.
- S...sunt Gardieni ca și tine?

El dădu din cap.

- Și...m...mama mea...?
- E Înger...

Miruna se ridică încet, încă procesând, și așeză pe sofa, șocată și cu inima bătând atât de tare încât îi spărgea pieptul...

- Exista vreo metodă prin care să-ți îndeplinești misiunea asta fără să-mi spui toate astea?

Pe fața plecată începură să alunece două lacrimi calde.

- Miruna...

Se așeză pe pat lângă ea.

- Dacă aș fi putut să te feresc de durerea asta, știi bine că aș fi făcut-o...

Ea dădu încet din cap, privindu-l. Și-ar fi dorit să-și poată propti capul pe umărul lui și să plângă în hohote...dar așa nu putu decât să se chinuie să-și țină lacrimile, fără succes.

Andrei simțea toată copleșala ei, pe deasupra tristețea lui și regretul de-ai fi pricinuit tot răul și de a nu putea să o ia în brațe s-o liniștească...să o sărute pe frunte...

- Bine! zâmbi ea resemnată, trăgând aer în piept. Mai ai ceva de zis?
- Am păstrat ce e mai bun la final!
- Da, sunt convinsă... zise redevenind posacă.
- N-am altă soluție... de fapt aș avea, dar ar fi mai complicat pentru mine și mai dureros pentru tine...
- Spune odată! se încruntă ea.
- Șoferul mașinii care te-a lovit acum ceva timp...

Se calmă pentru câteva secunde, nedând atenție detaliului, în comparație cu restul informațiilor.
- L-ai găsit?
- Da.
- Ce bine! O să-l dau în judecată! Se enervă.

Încerca să-și arunce amărăciunea în cârca altcuiva, dar după scurta răbufnire, își dădu seama de greșală și furia lăsă locul unei dezamăgiri dureroase.
- Mda... nu ăsta e esențialul...

Se înoarse spre el, dându-și ochii peste cap, fața ei spunând: „Mai e?" și simțind încordarea cum își face loc.
- Dar care?
- E tatăl tău biologic...

## 12.

Era prima zi la biroul de Suprem Gardian. Bătrânul îl aştepta liniştit, ştiind că Andrei nu va refuza oferta lui.

Stătea în faţa uşii duble, dându-şi seama şi singur că Supremul Gardian e conştient de prezenţa lui şi, de asemenea, putea să-i ghicească emoţiile ca ale unui elev în prima zi de şcoală.

Erau doar trei zile de când n-o mai văzuse pe Miruna şi îi simţea deja lipsa. Ceea ce îl deranja cel mai tare era că, probabil, şi superiorul lui bănuia asta. Ştia că sentimentele ar putea să nu îl ajute în noua sa postură... motiv pentru care stătea nehotărât la uşă: nu era convins că a accepta gradul de Superm Gardian a fost o decizie tocmai înţeleaptă.

Dar era prea trâziu să mai dea înapoi. Trebuia să-şi asume responsabilitatea şi consecinţele acestei alegeri şi să uite pentru totdeauna de Miruna şi de alţi oameni pe care îi ajutase. Ceea ce era şi mai dureros era faptul că acel "totdeauna" era mult mai palpabil în lumea lui, iar tot ce ar fi putut să facă era să o aştepte...

Răsuflă adânc de câteva ori apoi apăsă clanţa şi intră. Bătrânul stătea calm la birou.

- A! Număr 180520! Bine-ai venit! Au trecut deja cele două săptămâni? Aşa repede?

- De fapt, a trecut mai mult!

- Serios? Nici nu mi-am dat seama!

- A trebuit să mai aranjez nişte amănunte înainte să mă prezint...

- Da, nu-i nici o supărare. Era normal, în condiţiile în care te-am luat pe nepregătite.

Superiorul se ridică şi îl bătu pe umăr. După câteva secunde, Andrei observă că poartă acum o togă argintiu-bleu la fel cu cea a bătrânului. Se privi fascinat, în timp ce interlocutorul său zâmbea blând.

— Lista cu îndatoririle tale și regulamentul se află în sertarul biroului. Nu te voi plictisi explicându-ți-le, ești suficient de înzestrat încât să pricepi singur. Atribuțiile mele se vor încheia imediat ce-ți voi destăinui cel mai mare secret al lumii noastre... Va fi acum datoria ta să-l păzești, oftă Supremul Gardian.

Ieși din biroul mare și îl conduse într-o altă sală, unde toți pereții erau tapetați cu biblioteci cu cărți groase și mari. Se opriră în fața uneia pe care bătrânul o împinse puțin, iar corpul ei masiv se deplasă spre dreapta, eliberând o ușă pe care scria: "Interzis accesul Gardienilor".

Nu se simțea pregătit pentru o astfel de îndatorire, era suficient gradul de Suprem Gardian, dar pentru ca bătrânul să poată pleca, era nevoit să înghită tot dintr-o dată.

Ușa se deschise cu un scârțâit sumbru. În dreptul ei se întindea un coridor nu prea lung cu două uși pe dreapta și pe stânga și una pe mijloc, în capăt.

— Fii atent, Andrei! Dacă nu te simți în stare să suporți... acum e momentul să te retragi... este ultima șansă. După ce vei cunoaște secretul nu mai e cale de întoarcere. Nu vei mai putea renunța la postul de Suprem Gardian, decât când vei fi numit Înger.

Andrei se gândi câteva clipe: dacă era ceva periculos sau ispititor era bine să se retragă; pe de altă parte era foarte curios, atât de curios încât era dispus să riște... așa că, neștiind ce să răspundă, dădu calm din cap.

Bătrânul îl privi serios, apoi deschise ușa și îl împinse pe el primul. Era o cameră mică puțin luminată datorită tainei pe care o păstra, care avea în mijloc un fel de pupitru într-o cabină de sticlă înaltă până în tavan. Înăuntru, pe pupitru era un pocal cu un lichid roșiatic, vâscos. Andrei păru dezamăgit.

— Privește cu atenție.
— Ce este?
— Cu ce seamănă?
— Cu sângele uman.

- Exact. Desigur te întrebi de ce e atât de secret... Vezi tu, Gardienii n-au nici cea mai mică idee de existența acestui elixir. Părerea mea este că cel care l-a inventat a făcut o mare greșeală.

- De ce? Ce rol are acest elixir?

- Este Elixir de Reîntrupare...

- Reîntrupare? se miră Andrei. Ca un fel de Reîncarneare?

- Nu. Acest elixir permite celui ce îl bea să redevină omul care a fost în viață cu starea și intelectul pe care le avea în momentul morții sau chiar mai tânăr, asta depinde de cantitatea pe care o bei...

Andrei îl prvi consternat apoi se întoarse spre pocalul păcatului cu ochii strălucind. Oare era posibil?

- Ascultă-mă cu atenție, număr 180520! A bea acest elixir este cel mai grav păcat din Lumea Îngerilor... Pedeapsa pentru acest păcat este Decăderea... Iadul veșnic. Mă auzi? îi strigă, văzând că încă privește lung lichidul sângeriu.

El scutură capul și se răsuci ca să nu mai poată vedea licoarea periculoasă.

- Ești conștient că este o mare ispită, nu?

- Bineînțeles! De ce mai există această substanță? Ar fi trebuit distrusă cu mult timp în urmă!

- Din păcate nu este posibil, de aceea este foarte bine protejată, înțelegi?

- Da, înțeleg.

- Ca Suprem Gardian ești singurul care are datoria de a-l păzi. Nimeni altcineva, în afară de foștii Suprem Gardieni, nu cunoaște secretul Întrupării. Au fost în trecut și cazuri în care unii Gardieni au aflat... chiar au reușit să-l fure și să-l folosească. Au fost pedepsiți.

- Bine, dar cum au aflat?

- Cel mai probabil Supremul Gardian i-a instigat și i-a îndemnat.

Andrei înghiți în sec. În acel moment era încântat că Supremul Gardian nu putea să știe ce simte și ce gândește, pentru că în lumea lor, între ei, nu puteau decât ghici.

- Și cum i-ați prins?
- Se aud tot felul de lucruri din Lumea Oamenilor și Îngerii simt lucrurile astea... desigur durează o vreme...până ne dăm seama...

Bătrânul făcu o pauză și el cu ochii la pocalul păcătos.

- Număr 180520, vreau să cred că Elixirul va fi în siguranță sub protecția ta.

În mintea lui, Andrei își spuse: "Și eu vreau să cred asta!". Tentația de a bea acel lichid și de a redeveni om, dar mai ales de a o revedea pe Miruna în acestă stare era foarte mare.

- Vino! Mai trebuie să vezi ceva...

Îl conduse într-una din încăperile de pe coridor. Camera era mai întunecată. Era goală. Într-unul din pereți era scobită o ferestruică.

- Aici îi poți vedea pe cei care au gustat Elixirul...

Andrei se uită în deschizătură și văzu o serie de Gardieni, chinuiți și torturați în cel mai inimaginabil chip. Aceștia urlau și strigau, cerșind milă, deoarece rămăseseră umani, iar corpul lor probabil că îndura dureri de nesuportat.

Oripilat de acele imagini sadice pe un fundal înflăcărat și foarte fierbinte, închidea ochii de fiecare dată când urma o lovitură sau un țipăt. Tentația pălea în comparație cu fiorii care îl străbăteau privind acele torturi. Durerea cea mai cumplită pe care o simțise în viață, fusese atunci când își rupsese piciorul la vârsta de 18 ani, iar durerile pe care le îndurau cei pedepsiți trebuiau să fie de cel puțin o sută de ori mai acute. Rănile păreau și ele mai adânci și din pricina căldurii excesive din mediul unde se aflau Decăzuții, usturau cumplit.

- Îşi ispăşesc pedeapsa... spuse Supremul Gardian, uitându-se calm pe fereastră. Trebuie să înţelegi că este necinstit ca unii să se nască şi să muncească ca să ajungă undeva, iar alţii să bea acest elixir şi să revină pur şi simplu în Lumea Oamenilor cu un simplu "puf" cu toate de-a gata.

Când auzi aceste cuvinte, Andrei se simţi puţin vinovat pentru ispita care îl zgândărise mai devreme.

Revenind în biroul principal, bătrânul se înclină respectos în faţa noului Suprem Gardian.

- Înainte să mă retrag mai am de spus un lucru: dacă, cumva vei face greşeala de a folosi elixirul, eu voi fi pedepsit alături de tine.

- Dar asta e o tâmpenie! Greşeala ar fi a mea!

- Nu! Greşeala ar fi a mea, fiindcă eu te-am ales...

- Nu înţeleg... e la fel cu situaţia expusă mai devreme cu cei care primesc totul de-a gata.

- Da, dar situaţia anterioară te-ar avantaja pe tine, iar regula pe care ţi-am spus-o adineauri mă avantajează pe mine, pentru că face apel la conştiinţa ta, înţelegi?

Andrei nu mai zise nimic. Se înclină la rândul lui în faţa bătrânului şi îl privi pe acesta ieşind calm din birou.

## 13.

Aştepta tramvaiul de aproximativ cinci minute şi se gândea la el. Trecuseră două luni de când plecase, iar ea nu îndrăznise să meargă la şoferul care o lovise cu maşina, deşi locuia la doar câteva staţii distanţă. Ştia că nu era obligată să vorbească cu el, dar nu-i purta pică. Îi era indiferent... Părinţii ei erau aceia care o luaseră şi o crescuseră, o îngrijiseră şi o iubiseră ca pe fetiţa lor. Până nu-i afla motivele acestui om care o părăsise la naştere, nu avea dreptul să-l judece sau să-l urască.

Tot drumul se gândi doar la Andrei. Acum avea cel mai mult nevoie de el, să fie lângă ea, să-i spună ce să facă şi cum să procedeze. Era curioasă, dar în acelaşi timp îi venea să fugă. Pacea ei sufletească fusese deja puţin ciobită după ce aflase de acest "tată" şi după plecarea lui Andrei. Ce-i păsa lui, se gândi, pentru el totul se sfârşise când îşi încheiase misiunea. Miruna nu simţea că-şi găsise calea, aşa cum îi spusese bătrâna ei vecină.

Tramvaiul se opri legănându-se şi, în dreptul ei, deschise uşile, scârţâind. Stătu în cumpănă dacă să se urce sau nu, şi puse piciorul pe scară tocmai când vatmanul se hotărâse să pornească mai departe. Scurta călătorie i se păru o veşnicie şi, când coborî, respiră adânc, pregătindu-se pentru ceea ce avea să urmeze. Traversă strada cu multă grijă, apoi o luă pe o străduţă mai dosnică şi, după câteva minute, se opri şi citi pe uşa unuia dintre blocuri numărul acestuia şi îşi dădu seama că, pierdută în gândurile ei, trecuse de numărul care trebuia, aşa că se răsuci rapid, murmurând nişte cuvinte dojenitoare la adresa neatenţiei sale. Ajungând, în final, în faţa blocului pe care îl căuta, simţi că i se şterge brusc totul din minte.

– Of, Andrei! De ce trebuia să pleci tocmai acum!

Ridică ochii spre cer şi zâmbi trist.

– Mi-e dor de tine... dar presupun că ştii asta!

Trase aer în piept şi intră în bloc.

Andrei, în biroul lui, o privea cu ochii avizi pe Fereastra celor Vii, simțind reproșul ei până în adâncul sufletului. Îi părea rău că se pripise și acceptase postul de Suprem Gardian și se grăbise puțin cu misiunea, orbit de strălucirea acestui birou plictisitor. Și cu secretul acesta infect care nu te lăsa să faci vreo mișcare! Continuă să o urmărească, încercând să-i dea forță.

În fața apartamentului omului care o lovise, Miruna se întrebă dacă e o idee bună. Totuși bătu. Îi deschise un bărbat mic și grăsun, cu părul creț și grizonat și o privi uimit cu ochii albaștri spălăciți.

- Vă pot ajuta cu ceva?

Miruna îl privi lung: chipul omului îi amintea copleșitor de imaginea ei din oglindă. Vru să zică ceva, dar cuvintele i se poticniră în gât, de parcă s-ar fi înecat cu ele.

Bărbatul părea și el la fel de surprins de această asemănare ciudată, totuși, gândindu-se că astfel de lucruri se mai întâmplă, nu se pierdu cu firea. Văzând că tânăra se tot bâlbâie, încercă s-o încurajeze.

- Vă rog...
- Mă... mă... scuzați, îl caut... pe... se chinui să-și amintească numele... Virgil Antonescu.
- Antonache! Eu sunt. Vă pot ajuta?
- Păi, eu...

Îi făcu semn să aștepte puțin, până răsuflă ca să-și revină de pe urma șocului. Trase aer de câteva ori cu ochii închiși.

- Vă simțiți bine?
- Da! zise ea, luându-și avânt. Am venit fiindcă vreau să vorbesc cu dumneavoastră despre accidentul de acum... șase sau șapte luni.
- Accident? se miră Virgil, apoi afișă expresia celui care își amintește brusc ceva important și deveni agitat.
- Da, da, mi-aduc aminte... ăăă... poftiți, poftiți!

Miruna intră și omul o conduse într-un living micuț, dar curat și decent.

- Sunteți avocat?
Ea nu apucă să răspundă.
- Mi-a părut rău de fapta mea, atunci când am fugit de la locul accidentului, dar mă aștepta nepoțelul să-l iau de la școală și...
„Ce scuză penibilă!" se gândi ea.
- ...și, ca să fiu sincer... mi-a fost teamă. Conduc de 25 de ani, dar niciodată până atunci nu am lovit pe cineva și m-am panicat.
Părea atât de afectat de amintirea acelui eveniment și de remușcări, încât vorbea cu lacrimi în ochi. Aproape că îi auzea inima bătând speriată la gândul consecințelor faptei sale.
- Nu vă temeți, îl liniști Miruna. De-abia după ce zise aceste cuvinte, se gândi că omul ar putea să joace teatru cu cel mai rece sânge. Nu am venit să vă acuz și nu voi depune plângere.
- Cum? Ce spuneți? Nu sunteți avocat?
Miruna dădu din cap negativ.
- Doamne, e oare posibil? Nu cumva sunteți...
Virgil se ridică șocat, privind-o, în timp ce fata dădea acum pozitiv din cap.
- Dar cum...?
Ea zâmbi.
- Nu contează cum v-am găsit. Nu sunt aici să vă trag la răspundere, fiindcă după cum vedeți nu am nimic. M-ați lovit foarte ușor la mână și de-atunci m-am vindecat.
Omul, rămas fără cuvinte, înghițea în sec, neștiind ce să mai spună.
Miruna zâmbi din nou de starea lui.
- Vă rog, stați! îi zise.
Virgil se așeză, privind-o lung, vizibil ușurat.
- Ce... ce să... zic? Ce să zic, domnișoară? Mă bucur foarte mult că sunteți bine.
O vreme tăcură.
- Să vă ofer ceva? O cafea, un ceai?

- Nu, nu, nu vă deranjați. Vreau să vorbesc cu dumneavoastră, ceva... ceva care nu are legătură cu accidentul...

- Domnișoară, vă rog, nu mă speriați, după o așa ușurare.

Ea râse ușor și scoase din geantă o fotografie alb negru cu o femeie tânără.

- Domnule, nu cumva vă amintiți de această doamnă?

Virgil luă poza și o privi, punându-și ochelarii care atârnau de gât.

- Oh... oh... drăguța mea Rozica... exclamă cu o imensă compasiune. De unde o aveți?

Nici ea nu știa de unde făcuse rost Andrei de fotografie. Norocul ei, însă, că omul nu o lăsă să răspundă.

- Da, sărmana mea Rozica... a murit demult, continuă Virgil, pierdut în amintirile sale. Era o fată așa plină de viață... oh, Doamne, cât a trecut?

- Cum a murit?

Bărbatul, la această întrebare, păru să se adâncească și mai rău în durerea provocată de această aducere aminte.

- La naștere... oh, biata de ea, nici nu a apucat să-și vadă fetița...

Miruna simți că-i dau lacrimile de mila femeii care îi dăduse viață.

- Și cu fetița ce s-a întâmplat?

- Oh, domnișoară, drăguța mea fetiță, era fetița mea, știți, am ținut-o în brațe câteva clipe. Pe vremea aceea eram în armată, la marină. Mai aveam de făcut un an. Am lăsat copila în grija surorii soției mele și mi-am zis că am s-o iau înapoi când mă liberez, dar când m-am întors... oh... femeia o dăduse la un orfelinat, fiindcă nu a mai putut s-o țină.

Remușcările îi puseseră iar lacrimi în ochi.

- A spus că mi-a scris, însă eu nu am primit nimic. Am blestemat-o că mi-a înstrăinat fetița! Am căutat-o ani în șir, ani și ani, până când m-am resemnat. Am lăsat totul în urmă și m-am mutat la București. Săracuța mea fetiță, ce s-o fi ales de ea?

Se lăsă o tăcere grea.

- N-ați mai avut alți copii?

- Nu, dădu omul încet din cap, nu m-am mai căsătorit niciodată după moartea Rozicăi mele. Nepoțelul de care am pomenit mai devreme e fiul fratelui meu.

Îi înapoie fotografia și se ridică pentru a ieși puțin din melancolie generată de o simplă poză.

- Dar cum de vă interesează aceste lucruri?

- V-ar plăcea să o găsiți pe fata dumneavoastră?

Omul zâmbi resemnat.

- Domnișoară... care sunt șansele?

- Oh, nici nu știți!

- Ce vreți să spuneți?

- Ați vrea s-o cunoașteți?

- Domnișoară, nu glumiți? întrebă Virgil, așezându-se la loc, cu inima în gât.

- Bineînțeles că nu, domnule! Cum aș putea să glumesc cu așa ceva?

- Deci știți unde e? O cunoașteți?

- Da.

- Oh, oh, mi se înmoaie genunchii! Ce bucurie imensă! Unde e? Cine e?

- Eu!

## 14.

- S-a descurcat bine, își zise urmărind-o încă prin Fereastra celor Vii.

Se simțea mai liniștit, după ce îi reproșase că a plecat prea devreme de lângă ea, dar dacă discuția cu tatăl ei decursese așa de bine, sentimentul de vinovăție se mai diminiuase.

Oftă și se așeză la birou. În fața lui erau câteva dosare pe care Gardienii le prezentaseră cu o zi sau două în urmă. Trebuia să se uite pe ele ca să-și dea seama dacă respectivii pot trece la o nouă misiune. Nu îl atrăgea deloc ideea că trebuie să studieze acele hârtii; deși era atât de plictisit încât ar fi făcut orice. Sau poate nu chiar orice. Ar fi vrut, în schimb, să se ducă să o vadă pe Miruna, însă știa prea bine că nu are voie să părăsească biroul așa devreme. Oricum toată ziua nu făcea decât să stea la Fereastra Lumii Vii și s-o urmărească cu ochii celui mai înfocat îndrăgostit. Era atât de supărat că nu o întâlnise în timpul vieții sale, încât îi venea să moară din nou. De ce nu-și găsise și el o soție așa frumoasă ca Miruna. Chiar și acum dacă închidea ochii parcă o vedea stând lângă el în pat ca în seara aceea când nu putea să doarmă. Își amintea zâmbetul ei cald sau susurul acela fermecător al râsului de care îi era atât de dor. Ochii ei negri și luminoși îi rămăseseră întipăriți în memorie cu acea privire duioasă și blândă. Nici dacă ar fi vrut, nu ar fi putut să uite acel moment în care, datorită încântării, Miruna ar fi vrut să i se arunce în brațe și să-l sărute fericită. Își închipuia ce greu trebuie să îi fi fost când a realizat că era imposibil.

Acum era singură și tristă, melancolică, veșnic gânditoare și tăcută, ascultătoare la muncă, dar total desprinsă de lume și pierdută în amintirile ei. Nu mai zâmbise demult. Mihai și Valeria nu mai știau cum să o binedispună și cum să-i facă pe plac. Nu-și dădeau seama că prezența lor îi făcea mai mult rău, amintindu-i constant de Andrei.

Abia realizase el durerea pe care i-o provocau prietenii ei și asta fiindcă o simțea în toată ființa lui. Era normal să o simtă, și pe a celorlalți oameni pe care îi ajutase o simțise, dar nu îl afectase atât de mult. În plus, dispăruse, odată ce își încheiase misiunea.

Peste două zile trebuia să-i numească Gardieni pe Învățăceii din ultima serie. Era prima dată, dar nu avea nici un fel de emoție, gândul lui era numai la Miruna.

Miruna! Miruna! Miruna!

Oare ea știa? Știa că și el se gândește în orice secundă la ea? Îi era teamă că, după o vreme, îl va uita, își va găsi un bărbat în carne și oase, așa cum era normal. Numai la gândul ăsta se simțea gelos. Miruna era a lui, ar fi fost a lui dacă era viu

Dintr-o dată, chipul i se lumină. " Dacă era viu... " Da! Trebuia să fie din nou viu. Putea fi din nou viu, putea să o aibe pe Miruna.

Se repezi în camera secretă, dar se opri temător în fața ușii. Era poate a cincea oară când se lăsa păcălit de ispită. De fiecare dată, însă, când se vedea în dreptul ușii, mâna se oprea pe clanță, neavând puterea necesară să o apese. Atunci se retrăgea încet, iar Andrei se ducea în cameara cu Fereastra Decăderii. Așa reușea să-și învingă tentația. Văzându-i pe acei Gardieni Decăzuți, chinuiți și torturați căpăta o senzație asemănătoare cu furnicăturile pielii. Nu fusese niciodată laș, dar, știind că alături de el ar fi pedepsit și fostul Suprem Gardian, își permitea să fie laș.

Acum, totuși, reuși să intre. Lumina din jurul pocalului părea mai puternică în ochii avari ai dorinței de viață. Își lipi fruntea de sticla care înconjura Elixirul și îl privea precum copiii tânjec la bomboanele de ciocolată dintr-un magazin veșnic închis. Se uita la culoarea aceea sângerie, care altora nu le făcea nici o plăcere, dar care lui îi amintea de obrajii rumeni ai Mirunei. Pentru el era culoarea vieții, culoarea unui nou început, culoarea unei inimi care bate, culoarea unei iubiri împlinite.

Se aşeză pe podea. Ochii încă priveau avizi Pocalul păcătos. Ştia că în buzunar avea cheia care îi permitea să ajungă la Elixir şi implicit la Miruna. Ispita era atât de puternică, încât respira odată cu el.

Nu fusese niciodată prea credincios, iar după moarte, ca şi Învăţăcel şi chiar ca Gardian nu fusese prea cuminte, însă nu făcuse niciodată ceva atât de grav ca să fie Decăzut în Iad. Miruna, cu imaginea ei superbă, era ca o fată Morgana: înşelătoare. În spatele acestei imagini feerice era Iadul, Pieirea. Din Iad nu mai avea scăpare.

Dar ştia că în felul acesta nu mai putea continua. Nu putea să fie Suprem Gardian şi s-o iubească pe Miruna în acelaşi timp.

Strânse pumnii şi se ridică puţin supărat pe ispita care de data asta aproape îl învinse.

Ieşi la fel de vijelios precum ajunsese în faţa camerei.

Se întoarse în birou şi conştincios se aşeză pe scaun şi începu să studieze acele dosare nesuferite.

Chiar şi aşa, în spatele lui era Fereastra Lumii Vii care, din cauza sentimentelor sale, era încă fixată pe Miruna, deşi ar fi trebuit să îi supravegheze pe Gardieni pe teren.

Se răsuci cu scaunul spre Fereastră.

O văzu când ajunse acasă şi îşi aruncă geanta cât colo pe sofa, apoi se trânti şi ea, oftând obosită după o zi grea de muncă. Aprinse televizorul şi îşi prinse părul, pregătindu-se să facă un duş. Merse la baie şi dădu drumul la apă. O lăsă să curgă în timp ce se dezbrăca. Se cufundă în apa fiebinte cu multă spumă. Instantaneu gândul fugi la Andrei. Nu ştia dacă să fie melacolică şi să viseze tristă la el încontinuu sau să fie furioasă, să-l urască pentru sentimentele acelea care o făceau să tremure şi să plângă de ciudă în acelaşi timp. Singurul lucru pe care putea să-l facă era să se cufunde în muncă şi să uite cât mai repede de el. Ceea ce o deranja cel mai tare era faptul că ştia că Andrei o vede, o simte şi o urmăreşte constant şi totuşi stă liniştit la biroul lui, fără să facă nimic.

Nu avea nici măcar cu cine să discute pentru că nimeni nu ar crede așa ceva. De la un timp, până și ea ajunsese să se întrebe dacă totul a fost real sau nu. În sufletul ei, simțea că a fost totul adevărat, altfel cum ar fi apărut sentimentele pentru el? Era prea matură ca să se înrăgostească de un personaj imaginar.

Dintr-o dată izbucni într-un plâns amar! Toată durerea ei încerca să iasă din pieptul mititel care nu mai putea să o ducă... Și plânse, și plânse, plânse până simți că se topește ca un biet fulg de zăpadă... La un moment dat, deja nu mai simțea nimic... era amorțită... în jurul ei nu mai era nimic, era doar un gol mare în care nu putea să-și găsească locul. Nu-și mai simțea nici inima; oare mai bătea?

- Nuuuu! Miruna, te rog, nu face asta! Miruna! Te rog...

Strigătul parcă i-ar fi împins trupul la suprafață. Nici nu-și dăduse seama când ajunsese cu capul sub apă! Se ridică răsuflând greu și mai speriată ca niciodată. Inima bătea, Domane, și ce bătea!! Aproape că o durea!

- Andrei?

Ieși din cadă tremurând! Se chinui câteva secunde să-și țină echilibrul, apoi luă prosopul, îl înfășură pe ea și se grăbi în living.

- Andrei!

Dar în living nu era nimeni...

Andrei, lângă Fereastra Lumii Vii, tremura mai rău ca ea.

## 15.

Miruna tocmai venise de la lucru. Înainte să se apuce de altceva, se gândi să-și pună o cană cu lapte cald ca să se mai dezmorțească și să-și mai scoată frigul din oase.

Își luă cana și se așeză pe canapea, aplecată asupra aburului ca să-i încălzească obrajii. Iarna de afară îi înghețase și lacrimile; acum că inhala și simțea căldură de la lapte, ochii începură să lăcrimeze ușor. Ea îi șterse și oftă lung.

- Tu mă poți vedea, nu-i așa?

Câteva clipe așteptă un răspuns, dar liniștea era tulburătoare.

- Nu e cinstit, continuă zâmbind tristă, vreau și eu să te văd... sau măcar să te aud... mă liniștea vocea ta... Te urăsc pentru că m-ai lăsat singură.

Se ridică, aproape că trânti cana cu lapte pe noptieră și strânse pumnii furioasă. Dar furia se stinse repede, amintindu-și de bătrâna de deasupra care simțea Îngerii. Se grăbi în hol, își luă papucii și ieși. Urcă scările repede și, chiar dacă era vorba doar de un etaj, răsufla greu când sună la ușă.

- Cine e? Se auzi glasul stins al bătrânei.
- Miruna.

Ușa se deschise scârțâind.

- Intră, copilă...

Doamna Oprea, după ce încuie, se răsuci spre ea și păru că o privește, deși era aproape oarbă.

- Hm... zise femeia. Nu mai simt Îngerul. Și-a încheiat misiunea, probabil.
- Da, așa cred, răspunse Miruna, lăsând capul în jos.
- Haide, ajută-mă puțin, să mergem în salon.

Bătrâna întinse mâna, zâmbind îngăduitoare și înțelegând cofuzia ei. Se așezară pe sofa, în fața unei măsuțe pe care se afla un ceainic. Femeia tocmai își făcuse ceai și, fără să o întrebe, îi turnă și ei într-o ceașcă.

- Mulțumesc...

- Și eu eram foarte dezorientată când Îngerul meu a plecat, deși îmi spusese că mi-am găsit calea. Eu nu simțeam asta, ca și tine acum, dar cu timpul, cu încercările peste care a trebuit să trec, mi-am dat seama că a avut dreptate. De fapt, nu eram dezorientată, eram, ca să spun așa... neobișnuită să fiu singură, să nu mă ajute mereu cineva să iau decizii... M-am trezit dintr-odată că sunt pe cont propriu, a trebuit să mă învăț din nou, cel puțin pentru o vreme, să simt îndoiala... Apoi, după un timp, am înțeles că Îngerul mă veghea, chiar dacă eu nu mai îl simțeam lângă mine și tot ce trebuia să fac era să îmi închipui că decizia mea e cea corectă.

- Nu prea am avut de luat decizii de când a plecat. Doar că... îmi lipsește foarte mult... Înainte să apară eram tare singură și acum nu mă mai pot împăca cu singurătatea... Înainte nu mă deranja, dar acum...

- Poți veni să mă vezi de câte ori simți nevoia. Oricum, el, te aude și te vede acum. Pe mine m-a ajutat faptul că știam asta.

Miruna își dădu seama că nu îi poate spune ceea ce o frământă de fapt. Din conversația ulterioară, Miruna a înțeles că Gardianul bătrânei fusese o femeie.

Mai stătu o vreme cu doamna Oprea, dar nu se simțea mai bine.

Ajunsă înapoi în apartamentul ei, se hotărî să citească ceva, însă până să apuce să-și aleagă o carte din „vasta" sa bibliotecă se auzi soneria. Era Valeria.

- Bună.
- Bună, Valeria!
- Ești palidă. Te simți bine?

Tânăra intrase deja în hol. Era veselă și agitată, în total contrast cu prietena ei.

- Sunt bine, doar obosită...
- Hai, te rog, îmbracă-te, să mergi cu noi în oraș.

Miruna se privi în oglindă. Nu apucase să-și schimbe hainele cu care fusese la serviciu și se mira că Valeria nu observase.

- Aşa nu e bine? Vrei să iau altceva?
- Mergem la un restaurant luxos! Vreau să fii elegantă şi frumoasă pentru că ţi-am pregătit o surpriză.
- Ce fel de surpriză? Nici măcar nu e ziua mea!
- Trebuie neapărat să fie ziua ta ca să-ţi fac o surpriză? Vreau să cunoşti pe cineva!
- O, Valeria, ştii că nu am nevoie de aşa ceva, cel puţin, nu acum.

Se trânti pe marginea cuierului deja epizată de gândul că trebuie să socializeze, iar! Îi era suficient să se prefacă la birou.

- O să-ţi placă, zâmbi prietena ei ştrengăreşte şi ridicând sprâncenele oarecum ameninţător spre Miruna.

Ea se trase puţin înapoi şi râse trită de mina sugestivă a Valeriei.

- Fie, dacă spui tu! Ajută-mă să-l impresionez, îi răspunse până la urmă Miruna, luând aceeaşi mină îndrăzneaţă.

- Aşa mai merge.

Valeria se descălţă şi se repezi la dulapul prietenei ei cu haine. În timp ce scotocea printre umeraşele pline cu diferite articole vestimentare de toate naţiile şi de toate culorile, Miruna se aşezase pe canapea privind-o. Nu mai zâmbea şi o clipă mai târziu nici nu mai observa prezenţa ei. Ştia că dacă va rămâne închisă în casă pentru totdeauna nu va schimba cu nimic situaţia asta dureroasă, ştia că Andrei, chiar dacă şi-ar dori, nu putea să se întoarcă, aşa că trebuia să se resemneze şi meargă mai departe. Şi cu cât mai repede cu atât mai bine. „A fost doar un vis, îşi spuse, probabil nu îl voi uita curând sau niciodată, dar trebuie măcar să încerc!"

Valeria se întoarse triumfătoare cu un umeraş în mână, rupând-o din gândurile ei tulburătoare şi deprimante. Alesese o rochia albă, elegantă, dar simplă cu gândul să o asorteze cu partenerul. Îşi punea mari speranţe.

Şi avea de ce.

Coborând, în fața blocului le aștepta Mihai împreună cu celălalt bărbat, lângă mașină.

Miruna se cam fâstâcise, dând mâna cu noul ei pretendent. Acesta se aplecă și i-o sărută galant, prezentându-se Marius. Era înalt și bine croit, nu prea slab și nici prea gras, nici prea musculos, purta un costum alb și pe sub sacoul deschis o cămașă neagră. Nici la chip nu arăta rău... Avea ochii albaștri, pielea albă și părul negru creț prins într-o coadă la spate care semăna mai degrabă cu un ghem încurcat, nasul părea puțin cam mare, dar atrasă de ochii lui fermecători, Miruna nu luă în seamă acest amănunt. Era impresionată.

Nu știa, însă, că Andrei se sufoca de gelozie, urmărind-o neîncetat. Nu se chinuise să vadă personalitatea acelui tânăr cuceritor, sentimentele lui deja îl etichetaseră ca fiind un Don Juan nemilos și fără scrupule. Deja se gândea că o s-o amăgească și o s-o facă să plângă și să sufere. Apoi își dădu seama, că dacă el ar fi fost acolo lângă ea, lucrurile ar fi stat cu totul altfel și că, biata Miruna, nu făcea decât să încerce să îl uite. Chiar și așa, conversația lor era plăcută, ea zâmbea binevoitoare și asta îl făcea să scrâșnească din dinți și să se înfurie, strângând pumnii și simțind gelozia în fiecare părticică a existenței sale.

„Nu, își zise, nu voi lăsa lucrurile așa! Ea nu e pentru tine! Miruna mă iubește pe mine!"

Aproape că strigase cu lacrimi în ochi și văzu că Miruna simțise ceva ciudat fiindcă pierduse firul discuției și își scăpase furculița, tresărind. Oare îl auzise?

Trebuia să facă ceva, trebuia să... trebuia să... Trebuia să o facă să-și amintească!

Încă de când trăia se temuse că, după moarte, până și cei apropiați îl vor uita. Așa se întâmplase. Dar pe Miruna nu putea să o piardă!

Așa că, înciue ușa biroului pe dinăuntru și folosi coridorul secret ca să ajungă în camera fatidică...

## 16.

Elixirul era amar ca fierea. Băuse cam trei sau patru guri și spera să reînvie cu mintea și trupul la 34 de ani când murise.

În următoarele secunde simți o amețeală cumplită care îl doborî. Era chircit pe podea și vedea camera cum se învârte pe lângă el într-un vârtej galopant. Era ca un cutremur cu mișcări în toate sensurile și pe toate direcțiile, iar Andrei nu mai știa dacă e aievea sau era o consecință a Elixirului.

Și dintr-o dată îl arse o durere teribilă; durase numai câteva clipe, dar fusese ca un glonț, care trecuse violent prin el.

În urma acestul glonț, totul păru că se calmeze, vreme de câteva minute și camera se cufundă într-o tăcere profundă; așa că Andrei avu curajul să deschidă ochii. Era acum în altă parte. Era întuneric și nu vedea prea bine, dar recunoscu imediat locul ca fiind camera lui din casa părintească. Ochii, și așa destul de tulburi, i se umplură de lacrimi.

Nu apucă însă să se bucure. În fața lui apăru o luminiță ciudată, ca un licurici care se agita continuu, lăsând în urma lui o dâră luminoasă cu forme diverse. O privi fără să înțeleagă și nu știa dacă să se teamă sau nu. De-abia când o văzu apropiindu-se cu o viteză uluitoare se sperie și se trase puțin înapoi. Licuriciul intră în el. Îi provocă aceeași arsură de glonț și de data aceasta nu-și putu ține firea și strigă, poate de durere, poate de frică. Nu știa sigur. În următoarele minute, mii de licurici se iviră din neant, repezindu-se spre el. Erau atomii care formau materia: oasele, țesuturile, mușchii, venele, organele și așa mai departe.

Durerea era insuportabilă. Nu-și dădea seama dacă era viu sau mort sau amândouă. Băuse Elixirul cu aproape o oră în urmă și, iată, durerile erau din ce în ce mai intense.

Se grăbise să accepte puternica ispită, fără să se gândească la consecințe, la întregul proces al Reîntrupării, dar în momentul acela lucrurile erau deja prea avansate ca să mai poată schimba ceva. Nu avea nici măcar puterea să regrete gestul făcut.

Trupul îi era acum întreg. Stătea întins pe podea, gol. Pielea îi era roșie și pe alocuri bășicată. Pedeapsa Reîntrupării era atât de grea încât simțea până și firele de păr crescând cu înțepături și usturimi îngrozitoare. Capul începu să-i vibreze și el crezu că e pe cale să explodeze. Creierul se dezvoltase, dar trebuiau acum readusă memoria sentimentelor și trăirilor omului de 34 de ani. Simțurile receptau tot soiul de informații și imagini, amestecate, însă nu putea pricepe nimic pentru că totul se asimila atât de repede în mintea și corpul lui dornice de viață, încât creierul i se umflase.

Andrei se zvârcolea și zbătea ca un biet gândăcel în mâna unui copil sadic. Gemea, câteodată urla...

Urmă un moment de calm, totuși simțea că fiecare organ, fiecare venă și mușchi era la locul lui, dar inima nu bătea, plămânii nu funcționau nici ei, era inert. După ora aceea infernală, putea în sfârșit gândi: " Mai urmează!", își spuse. Inițial, gândul îl înfricoșă, apoi, pe măsură ce așteptarea creștea, se resemna.

Își dădu seama că încă nu se putea mișca.

Brusc, o lumină puternică îl învălui, urmă o durere profundă, ca și când ar fi fost resuscitat, și pieptul începu să pulseze ușor. Când respiră prima dată, fu ca atunci când era să se înece, și reușise cu greu să iasă la suprafață.

Câteva minute rămase inconștient pe podea.

Se trezi cu impresia că avusese cel mai urât coșmar, ulterior, realizând că, de fapt, tocmai îl trăise.

Se ridică și abia reuși să stea pe picioare. Erau amorțite și tremurau. Ca și cum ar fi trebuit să învețe din nou să meargă, se deplasa ținându-se de ficare obiect mobilier și de pereți. Îl durea fiecare pas.

Caută în dulap nişte haine şi ieşi. Casa era complet goală.

Afară trase aer în piept cu poftă. Vântul adia uşor. Fiecare senzaţie era nouă, ochii care nu puteau pătrunde întunericul, mirosul aerului, al pomilor, atingerea vântului pe faţa roşie.

Îşi dădu seama că e desculţ, fiindcă simţi umezeala asfaltului pe tălpi, astfel că se întoarse în casă să-şi caute şi ceva de încălţat. Agitat şi grăbit, nici nu se uitase la ceas ca să ştie dacă Miruna mai putea fi la restaurant sau nu. Dar nu conta. Porni agale, sperând să nu fie prea târziu şi ea să se fi îndrăgostit de celălalt.

Miruna nu se simţea extraordinar în compania celor trei, dar trebuia să suporte. Incidentul de mai devreme, când îşi scăpase furculiţa, o pusese serios pe gânduri. O durere cumplită de cap o făcuse să tresară, ca o lovitură de ciocan, şi, o clipă, i se păruse că aude vocea lui. Aproape că izbucnise în plâns. Evident, pierduse complet firul discuţiei, însă, din fericire, nu observase nimeni. Chiar şi aşa, după o vreme nu se mai putu concentra pentru a-şi ascunde lipsa de interes şi privea pierdută pe fereastră.

Se înserase şi începuse să ningă cu fulgi mari şi albi. Pe fundalul cinei răsuna o melodie romantică, dar care nu ajungea la urechile ei: era foarte absorbită de peisajul din spatele geamului. Printre fulgii jucăuşi se zărea o siluetă ştearsă. Pe măsură ce se apropia, însă, Miruna era din ce în ce mai agitată şi mai nerăbdătoare. Recunoştea în figura aceea înceţoşată pe Andrei.

Oare era atât de obsedată? Oricum era imposibil să fie el. Dar speranţa ei nu vroia să se stingă sau să cedeze.

Silueta îşi lipi faţa de geam şi privi înăuntru fix spre ea. Ochii aceia verzi o străpunseră ca două săgeţi până în suflet. Inima începu să-i bată cu atâta putere încât aproape o sufoca, mâinile îi tremurau spasmodic şi toată fiinţa ei părea zdruncinată de un cutremur interior nemaisimţit până atunci.

- Miruna, te simţi bine?

Nu auzi.
- Miruna!
Prietena ei o trase de mânecă.
Miruna își roti capul spre ea ca un robot, privirea îi rămăsese seacă, deși privea fix în ochii Valeriei.
- Andrei!
- Poftim? Miruna, mă auzi?
O lovi ușor peste obraz.
Ea clipi de câteva ori și păru că-și revine. Își revenise într-adevăr, dar își revenise în nebunia care o cuprinsese când își dădu seama că Andrei se întorsese.
- E Andrei! strigă din nou și, ridicându-se de la masă, dărâmă scaunul.
Fugi spre ușă și ieși în mijlocul iernii doar în rochița subțire aleasă de Valeria, albă ca fulgii de nea.
- Andrei!
El zâmbi, vizibil ușurat la vederea Mirunei. Era așa de fericit încât deschise brațele spre ea, așteptând...

**17.**

Miruna îl privi contrariată: știa prea bine că nu îl poate îmbrățișa și, totuși, Andrei stătea acolo, în fața ei, cu brațele deschise, radiind de fericire. O clipă, fu tentată să creadă că vrea s-o necăjească, ceea ce îi stătea în fire.
- Ce-ai pățit? Doar nu ți-e frică, nu? se miră el.

Ea nu mai zise nimic, fiindcă deja înghețase, se duse ca un roboțel spre Andrei. Se lipi de pieptul lui cald, aproape prăbușindu-se. Era așa de plăcut sentimentul de a ține pe cineva în brațe încât ar fi vrut să nu o mai lase niciodată.

Abia acum se putea bucura pe deplin de toate acele senzații noi; acum își dădea seama că și lui îi era frig și era inutil să încerce să o încălzeazscă când și el tremura. Acea adiere care, atunci când ieșise din casă i se păruse plăcută, îl cam biciuia peste față, iar ochii începură să-i lăcrimeze fiindcă i se uscaseră sub frigul iernii.

Îi simțea brațele în jurul lui și palmele mici care se lipiseră de spate, simțea parfumul ei dulce și ispititor, mireasma îmbietoare a părului negru pe care își culcase obrazul.

Miruna era copleșită de bucuria de a-l revedea, acea bucurie care se strecurase în toate celulele, făcând-o să plutească și să se desprindă complet de lumea reală. Își reveni abia când el o sărută pe frunte, doar cât să îl privească și să-i zâmbească, apoi desfăcu brațele și se lăsă pe spate ca și cum zborul ei interior trebuia să-și ia o formă fizică, dar știind că fără ajutorul lui e imposibil. Andrei avu grijă să o prindă și să o apropie din nou. Acum îi auzea inima bătând odată cu a ei parcă transmițând o multitudine de mesaje codate, toate exprimând cele mai calde sentimente.

Purtat de acea sublimă fericire, uitase în totalitate de pedeapsa Reîntrupării sub forma durerilor de toate felurile. Ar fi trebuit să îl doară îmbrățișarea ei, atingerile ei, însă lângă Miruna uitase absolut totul. În final avea să se vindece.

Ea își proptise capul pe umărul lui și închise ochii, relaxându-se. Era cald și îl ținea atât de strâns încât îi simțea trupul vibrând la fiecare bătaie a inimii.

Și dintr-odată se trezi. Se depărtă de el și privi în sus, căutându-i ochii. Andrei zâmbea în continuare. Îl pipăi din ce în ce mai uimită, apoi mâna i se opri pe piept în dreptul inimii. Nu înțelegea nimic. Oare visa? Se uită din nou întrebătoare la el, dar, deși Andrei vroia să o lămurească, ea își astupă urechile, scuturând capul și lăsându-se în brațele lui. Ochii i se împăienjeniseră și privirea i se tulburase, iar lacrimile fierbinți îi curgeau lin pe obrajii înroșiți de frig. Își dădea seama că Îngerul ei devenise Om și își dădea seama că trebuia să fie ceva nepotrivit în această metamorfoză, dar îi era teamă să audă o explicație.

El își văzu bucuria umbrită de spaima Mirunei. Se întristă o clipă, însă o strânse tare la piept ca s-o încurajeze, mângâind-o pe păr și legănând-o ca pe un copil mic. Apoi îi luă fața în palmele sale mari și reci, îi șterse urmele ude și o sărută cuminte pe fiecare ochi, pe fiecare obraz și în final pe frunte.

- Te rog, nu mai plânge... Sunt aici, nu-i așa? Nu ești fericită?

Miruna dădea din cap și îl aproba în tot ce spunea, trăgându-și nasul și mușcându-și frenetic buzele vinete.

Lui Andrei îi venea să râdă de mutrița ei de fetiță speriată.

- Haide, te rog, încetează! Ce-i cu smiorcăiala asta?

Ea chicoti și îl îmbrățișă din nou. Răsuflă de câteva ori ca să-și alunge plânsul, gândindu-se că orice ar fi făcut el ca să redevină omul care fusese odinioară, trebuie să fi fost greu și periculos și că acest chin și, mai ales bucuria lui la vederea ei, nu meritau să fie răsplătite cu lacrimi, ci cu cel mai cald și mai recunoscător zâmbet din lume.

Totuși, în momentul acela nu avu voința necesară să se rupă din strânsoarea lui și rămaseră așa minute în șir.

Într-adevăr ea pierduse noțiunea timpului, când Andrei o atenționă:
- Miruna, prietenii tăi vor să-ți spună noapte bună...
Adresarea lui părintească o făcu să roșească o clipă, dar își reveni repede și se răsuci. Îi văzu pe cei trei zâmbind sugestiv. Acum simțea că îi ard și urechile de roșie ce e, spera însă să nu se vadă. Întunericul era de partea ei.
Valeria îi întinse haina, iar ea profită de acest moment ca să-și reia înfățișarea naturală.
- Te descurci, da? N-o să-mi fac griji, îi spuse prietena ei, privindu-l zâmbind pe Andrei.
- O, da, tresări Miruna, el e Andrei.
Mihai dădu mâna cu el.
- Domnule, ești norocos, îi spuse Marius, dându-i mâna la rândul său. Ar fi bine să ai grijă de ea!
- Mulțumesc, voi avea.
Cinci minute mai târziu Miruna și Andrei se îndreptau ținându-se de mână spre apartamentul ei.
Cât merseseră liniștiți, fără să audă sau să vadă nimic în jur, dată fiind fericirea lor nemăsurată, nu-și spuseseră niciun cuvânt. Era suficient să se privească ca să înțeleagă valul violent de sentimente și trăiri care îi lovise și care părea să îi înece în propria lor uitare.
În visarea ei minunată, aproape că trecu pe lângă blocul unde se găsea apartamentul, dacă nu o oprea Andrei.
Când, în sfârșit, se aflau înăuntru, el, deși văzuse modestul cămin al Mirunei de nenumărate ori, părea fascinat de tot ceea ce vede, fiindcă atingea orice obiect și se învârtea prin cameră ca un nebun care nu-și recunoaște casa. Miruna îl urma la fiecare pas, dându-i explicații pentru fiece lucru pe care punea mâna, uitând că Andrei știa oricum toate amănuntele. Era, în schimb, încântat de toate acele senzații noi pe care trecerea lui în neființă le amorțise.

Inițial se amuză pe seama detaliilor pe care Miruna i le dădea, dar preferă să tacă doar ca să-i asculte vocea care curgea atât de cristalină ca apa unui izvor. Se întorcea câteodată spre ea și zâmbea vizibil fermecat.

Ea tăcea o clipă și-i privea ochii care luceau de bucurie ca ai unui copil când primește o jucărie nouă.

În final, se opriră în dormitor și Miruna, uimită de propria ei descoperire, exclamă din ușă:

- Dar tu știai toate astea, nu? Și m-ai lăsat să vorbesc ca fraiera!

Andrei râse zgomotos.

- Dacă ție-ți făcea plăcere!

Ea oftă și se duse teleghidată și îl îmbrățișă.

- Mi-ai lipsit foarte mult.
- Știu, te-am urmărit tot timpul ăsta...
- Serios?

El luă o față vinovată.

- Și mie mi-a fost dor de tine. Nu-mi puteam lua ochii de la tine. Ca să nu mai spun că... își plecă ochii... era cât pe ce să explodez când te-am văzut cu tipul ăla cu coadă...

Fu rândul ei să râdă.

- Adică erai gelos?
- Ca naiba!
- Ce bine îmi pare! îi răspunse ea răutăcioasă.

Andrei îi luă fața în palme și o privi pentru a mia oară poate, fără să se sature. Abia acum îndrăzni să o sărute, întâi timid, dar gura ei fierbinte și buzele moi îl îmbiau să devină mai avar și mai pasionat. Simțea că Miruna se topea în brațele lui ca o bomboană de ciocolată la soare, ceea ce îi dădea de înțeles că și ea era îndrăgostită și fericită. Totuși, cum ea continua să alunece pe trupul lui, în jos, trebui să o prindă și să o ridice...

## 18.

Era o dimineață însorită, dar geroasă. Iarna pusese flori la geamuri care, în lumina soarelui, dădeau umbre tremurătoare pe peretele din fața ferestrei. Nu se auzea nimic, totul era alb imaculat și neatins. Până și viscolul tăcuse intimidat de razele blânde ale soarelui. Nu observase însă și dinții lui cam ascuțiți. Și totuși era suficient pentru ca țurțurii de pe crengile superioare ale pomilor să se crape și să înceapă să picure încet ca și cum ar fi plâns pentru viața lor scurtă.

Miruna stătea la fereastră, cu halatul de baie tras la repezeală peste umerii goi, privind fascinată acele flori înghețate. Ținea o ceașcă de cafea în mână, dar uitase de ea... Părea că acele flori sunt în fiecare ani tot mai frumoase și mai complexe. Era de părere că iarna e un anotimp extraordinar, dar prea dur; dacă n-ar fi trebuit să meargă la lucru, nu ar fi ieșit din apartamentul ei călduros.

Se întoarse, vrând să meargă la bucătărie ca să îi facă și lui cafea. Andrei nu se trezise încă, iar ea nu-și putu reține un surâs, privindu-l. Dormea așa senin ca un copil. Oare ce visa? Probabil că ceva frumos. Se așeză pe marginea patului, se aplecă asupra lui și îl sărută drăgăstoasă pe tâmplă, apoi își lăsă obrazul pe obrazul lui cald, zâmbind fericită.

Andrei o simți și deschise ochii. O cuprinse cu brațul și o trase lângă el.

- Te-ai trezit așa devreme? mormăi Andrei, strângând-o tare la piept.
- Dragule, e aproape ora 12!
- 12? se miră el ridicând capul și uitându-se cu ochii mari la ceasul din perete. Ceasul ăla arată 9:30!
- Nu are baterie, râse Miruna. Arată 9:30 cam de două săptămâni.
- Și ce dacă! Eu mai pot dormi.

Andrei se întinse și căscă lung, eliberând-o. Miruna se ridică repede și se duse la bucătărie să mai facă încă o cană de cafea.

- Unde-ai fugit? strigă Andrei, urmând-o.
Ea tocmai pusese ibricul pe foc, iar cafeaua începuse să-și împrăștie plăcuta mireasmă.
- Ce bine miroase! gemu Andrei, topindu-se parcă pe unul dintre scaunele din lemn tocit de lângă masă. Abia aștept să o gust. Mă simt ca și cum nu aș mai fi băut de o veșnicie.
- Da, sigur! De ieri mai exact! se amuză Miruna, turnându-i lichidul fierbinte într-o ceașcă.
Privind cafeaua aburindă, avu un straniu sentiment de deja-vu și nu din pricina amintirii cafelei de ieri, ci a Elixirului acela blestemat pe care îl văzuse strălucind în Pocal. Se lăsase ispitit. Pe corp mai avea vânătăi șterse de la Reîntrupare și câteodată mai simțea înțepături la genunchi, când mergea, dar aceste semne erau singurele care îi mai aminteau acea experiență dureroasă. Era atât de fericit cu Miruna, dar starea de vinovăție era pe măsura fericirii. Se ferea să se gândească la asta. Prefera să-și închipuie că nu a fost niciodată "pe altă lume". Totuși, erau momente, ca acum cu ceașca de cafea, când nu putea să nu se întrebe ce s-a întâmplat "acolo sus", în lipsa lui. Probabil cei 15 Supervizori numiseră un nou Superm Gardian care îl căuta cu siguranță. Era surprins că trecuseră deja două luni și jumătate și nu fusese încă descoperit. Sau poate că Suprem Gardianul îl găsise, însă nu se hotărâse încă să acționeze pentru prinderea lui. Cel mai rău se simțea când se gândea la fostul Gardian Superm care avea să fie tras la răspundere. I se părea ciudat că, deși o ființă era numită Înger, mai putea fi pedepsită, și mai ales, pentru păcatele altora.
- Andrei!
Miruna îl împunse cu degetul în umăr. El o privi brusc cu ochii speriați, încât ea simți nevoia să facă un pas înapoi.
- Ce s-a întâmplat?
Revenindu-și, Andrei se ridică și o prinse de mâini.
- Iartă-mă, scumpa mea...

Uimită, îl îmbrățișă și sărută. Rămaseră așa o vreme, unul în brațele celuilalt, fără să vorbească sau să gândească ceva. Apoi, el o luă și o purtă până în living, unde o întinse pe patul încă nefăcut și cald.

Trupul Mirunei era alb, atât de alb încât strălucea și avea aceeași mireasmă proaspătă de flori de câmp abia înflorite chiar și după o noapte întreagă de iubire pasională. Adora parfumul ei, era îmbătător, aproape că îi crea aceeași stare ca cea a unui drogat. Paradoxal, se simțea binecuvântat că putea atinge și săruta acel trup mlădios. Finețea pielii ei depășea orice mătase. Nici o femeie nu-l iubise așa cum îl iubea ea.

Miruna se juca în părul lui cu o mână, iar cealaltă și-o plimba pe spatele lui. Îi plăceau mișcările lui, mângâierile și sărutările lui o făceau să se înfioare și să tremure de plăcere. Își încolăcise picioarele pe șoldurile lui, vrând parcă să îl absoarbă cu totul înăuntrul ei și să nu-l mai lase să plece niciodată. El se străduia să îi înăbușe strigătele, deși nu le-ar fi auzit nimeni, iar gemetele care ieșeau totuși printre buzele lor permanent împreunate îl făceau să se miște și mai repede. Ar fi dorit să nu se termine niciodată dragostea lor.

În momentul culminant se simți ca și cum cerul s-ar fi contopit cu pământul peste ea și totul ar fi devenit neant...

El repeta în neștire în urechea ei: "Te iubesc, te iubesc, te iubesc..." Nimic altceva nu mai conta în clipa aceea... Doar ochii lor privindu-se pierduți unii într-alții, răsuflarea lor întreruptă, atingerile tremurate...

- Mi-ar plăcea să facem un copil...

Andrei zâmbi și o trase mai aproape.

- Nu știu dacă poți rămâne însărcinată cu mine.

Uitând pentru o clipă situația, ea se miră.

- De ce nu?

Apoi se întunecă brusc și își întoarse fața. Lacrimile fierbinți îi inundară obrajii roșii ca cireșele coapte.

Visul împlinit păru că se spulberă în bătaia vântului dezamăgirii.

- Te rog, nu plânge, îi spune, deşi nu îi văzuse lacrimile.
Dar el ştia că plânge.
Miruna îşi şterse faţa şi se răsuci înapoi spre Andrei. Îşi propti obrazul pe pieptul lui cald strângându-se lângă el, ca un biet căţeluş rănit.
- Într-o zi te vor găsi şi te vor lua înapoi...iar eu am să rămân din nou singură...
Vocea ei era tulburată de tristeţe. Andrei nu ştia cum s-o aline, nu ştia ce să îi spună. Putea să-i spună că totul va fi bine, că nu va pleca, că nu o va lăsa niciodată singură, dar ar fi fost doar minciuni şi nu ar face decât să o rănească mai tare. Nu putea decât să-i împărtăşească tristeţea. O mângâia pe faţă, revărsând asupra ei acea dragoste infinită, aproape tangibilă.
- Nu mai vreau să fiu singură...
- Dar nu eşti singură, Miruna... Ai o familie foarte iubitoare.
Ea îl privi ironică.
- Ştiu ce ai vrut să spui, nu te uita aşa urât, spuse el cu jumătate de glas.
Era ca şi cum se simţea vinovat pentru viitoare ei singurătate. Trecuse ceva timp de când nu mai avusese de-a face cu femeile, fie ele vii sau nu, ceea ce era cam ciudat pentru el, ţinând cont de reputaţia lui de Don Juan din timpul vieţii. Oricum, nu mai fusese într-o astfel de situaţie.
Pe de altă parte, prelungirea acestei tensiuni, aceea de a şti că Îngerii vor veni după el, nu le făcea bine. Se obişnuiseră unul cu celălalt şi Miruna avea dreptate: singurătatea ulterioară avea să fie diferită de aceea dinaintea relaţiei. Singurătatea dinainte era doar o trăire la întâmplare, monotonă, simplă şi fără amintiri. Singurătatea ulterioară avea să reprezinte lipsa prezenţei persoanei iubite, lipsa acelei călduri sufleteşti care te copleşeşte şi te face să te înmoi ca ciocolata la soare.
- Îţi este frică, îl întrebă Miruna, mângâindu-l pe frunte.

- De Ei nu, de pedeapsa pe care o voi primi, da... Dar nu-mi pasă acum; în comparație cu fericirea de a fi cu tine, cu iubirea noasttră, nici o pedeapsă nu e suficient de dură și dureroasă. Cel mai profund mă va durea lipsa ta.

- Niciodată nu am crezut că îmi va fi teamă de Îngeri... șopti Miruna.

## 19.

Plănuiseră demult să plece undeva împreună. Era primăvară şi, după gerul greoi şi furios al iernii, era o vreme caldă şi însorită. Soarele era darnic şi zâmbitor, îmbrăţisând toată lumea cu braţele lui lungi. Natura era verde şi părea că se întinde proaspătă la soare, trezită după un somn adânc.

Miruna şi Andrei, cu rucsacurile în spate, porniseră dis-de-dimineaţăla plimbare.

Ea era încântată şi veselă. Zburda ca o o fetiţă care a terminat clasa şi a luat premiul întâi. Se bucura de fiecare amănunt, fiecare frunzuliţă, fiecare gâză, fiecare firicel de iarbă, râdea şi radia ca zânele din poveşti. Andrei o urma amuzat de încântarea ei; ştia că nu prea avusese ocazia să meargă la munte, de aceea vroia să îi arate cât mai mult, să facă multe drumeţii şi să petreacă cât mai mult timp împreună.

La prânz, se opriră într-o poieniţă ca să mănânce sandvişurile pe care le pregătise Miruna înainte să plece de la pensiune. Se aşezară pe o pătură galbenă care, pe iarba verde, arăta ca o păpădie uriaşă, şi, după ce savurară masa simplă, dar consistentă, se întinseră la soare. Ea obţinuse cu greu săptămâna de concediu pentru a pleca la munte, dat fiind că era proaspăt angajată, dar se simţea atât de liberă şi scăpată de toate obligaţiile încât ar fi vrut ca această zi să nu se termine niciodată. Îşi dorea ca Andrei să poată opri timpul în loc şi să rămână mereu cu ea. Simţea fericirea curgându-i prin vene mai rapid decât sângele şi, apoi, dintr-o dată se oprea şi toate visele ei se spulberau ca fumul... Era ca o strângere de inimă pe care o avea zilnic şi, care, nu o lăsa să simtă cu adevărat acel sânge fierbinte de fericire multaşteptată. Tot ce putea să facă era să nu se mai gândească. Dar această nesiguranţă, acea strângere nefastă de inimă, nu o lăsa să-şi facă niciun fel de planuri pe termen lung: familie, copii, bătrâneţi liniştite alături de iubitul soţ.

Andrei se străduia să-i facă toate plăcerile și, mai ales, încerca să se bucure de fiecare clipă cu Miruna, adormind în fiecare seară cu teama în suflet că a doua zi s-ar putea să nu mai existe. Nu-l mai interesau pedepsele la care avea să fie supus, chinurile Iadului și flăcările Diavolului... Nimic nu-l speria mai tare decât gândul de a o părăsi și acei ochi negri migdalați plini de lacrimi și roșii de plâns. Îi părea rău că atunci când trăise cu adevărat își bătuse joc de viața lui, alergând de la o femeie la alta, jucându-se cu sentimentele și viețile lor... Perioada petrecută în Purgatoriu și toți oamenii pe care îi ajutase îl făcuseră să înțeleagă suferința și ce înseamnă cu adevărat să te bucuri de viață... Să te bucuri de viață însemna să poți să plângi când simți nevoia, să iubești fără să te simți încătușat și speriat, ci dimpotrivă să te simți liber.

De aceea, lacrimile Mirunei îl speriau, pentru că, de când era Gardian, sentimentele păreau să-l copleșească. Ceea ce i se părea extraordinar era că nu erau sentimentele lui acelea, ci ale oamenilor pe care îi ghida. Așa cum le simțise și pe ale Mirunei. Reîntrupat, încă le simțea, încă știa tot ce gândește, dar asta doar fiindcă se iubeau atât de mult. Însă nu-i lipsea să fie Gardian. Prefera să stea cu ea și-și dorea să găsească o metodă științifică prin care să rămână om, totuși știa că nu poți păcăli moartea, iar el murise demult.

- La ce visezi, iubitule?
- Hm? tresări, întorcându-și ochii spre ea.
- Erai așa absorbit de ceva...

Andrei zâmbi ca unul prins asupra faptului.

- Mă gândeam la tine... zise, ca și când asta l-ar fi absolvit de orice vină.
- Mincinosule! Știi că îmi dau seama când minți! Acum, sincer, spune-mi la ce te gândeai!
- Indirect, chiar mă gândeam la tine!

Miruna începu să râdă.

Râsul ei era ca o melodie frumoasă pe care nu se sătura să o asculte, dar pe care nu ar fi vrut să o împartă cu nimeni. Ea stătea pe o parte cu capul proptit în palmă. Îi plăcea să îl privească şi, mai ales, îi plăcea să îl atingă mereu ca o dovadă a faptului că e acolo şi e uman ca şi ea şi, poate, ca să recupereze timpul pierdut.

Astfel mâna ei stângă se plimba leneş, începând cu părul, continuându-şi mângâierea pe ochi, pe obraji, pe pieptul tare, până la cureaua pantalonilor. Zăbovi acolo câteva clipe, doar ca să-l facă să se gândească la nebunii. Andrei o privi şi zâmbi prevers... Miruna îi răspunse tot printr-un zâmbet şi o sprânceană ridicată. Dar, apoi, mâna ei o porni pe acelaşi drum înapoi, revenind la simplele atingeri drăgăstoase şi minele perverse se estompară ca şi când nici n-ar fi fost, iar ochii lui se închiseră lăsându-şi toate celulele noii sale fiinţe să se hrănească cu acele atingeri care îi lipsiseră.

Ca o alarmă iritantă în dimineaţa zilei de luni, care te trezeşte atunci când visezi cel mai frumos, pentru că trebuie să mergi la lucru după un weekend de leneveală, el deschise ochii brusc, agitat. Miruna îşi lipise obrazul de pieptul lui.

- Ai simţit? o întrebă

Tot ce simţise ea, era inima lui bătând mai puternic.

- Ce să simt?
- Nu ştiu, a fost ca un cutremur...
- Cutremur?

Se ridică în genunchi.

- Andrei, te rog, să nu glumeşti cu lucrurile astea!

Până să-şi finalizeze reproşul, o altă undă ciudată zgudui pământul sub ea, cu rezonanţa acelor mici valuri produse de o piatră aruncată în apă, care devin din ce în ce mai mari.

- Nu glumesc, răspunse el serios, ca un ecou al şocului, deşi absolut inutil.

După câteva clipe, altă undă, mai puternică, o făcu să sară în brațele lui, tremurând. Era ca și cum Terrei i-ar fi bătut inima în timpul unui ciudat infarct. "Inima" începu să bată tot mai des și tot mai intens.

Andrei o strângea la piept, dar nu se agita.

- Nu ți-e frică? se miră ea, privindu-l.

La rândul lui, o privi cu un soi de compasiune, cum ai privi un copil care nu înțelege ce se întâmplă, îi cuprinse fața cu palmele și o sărută blând pe frunte, proptindu-și obrazul de al ei.

- Ar trebui să-mi fie... dar tu nu trebuie să te temi... Nu vei păți nimic.

- De unde știi? Ești om, nu mai poți vedea în viitor.

- Acum pot! Vezi tu... cutremurul ăsta... nu e...tocmai un cutremur obișnuit...

Abia atunci Miruna înțelese cum de un cutremur dura atât de mult.

- Nu! se retrase din brațele lui înspăimântată.

În clipa următoare lacrimi mari și fierbinți îi inundară ochii atât de speriați încât uitaseră să mai clipească. Atât de repede? Nu! NU! NU! NU!

Se aruncă înapoi în brațele lui, plângând în hohote și tremurând de neputință.

- Miruna, scumpo, nu...

Ce putea să îi spună? "Te rog, nu mai plânge!"? Dar simțea acele lacrimi arzându-l mai ceva ca flăcările Iadului. Orice pedepse îl așteptau pentru veșnicia timpului, avea să suporte una în plus: amintirea acestor lacrimi, al unui plâns nevinovat. Miruna nu avea nicio vină că el fusese suficient de nebun încât să bea Elixirul Reîntrupării fără să-i pese de consecințe, doar din gelozie.

Dintr-odată, totul se opri: Terra nu mai pulsa, iar peisajul superb de munte cu iarbă verde, pomi înfloriți și păsărele cântând, dispăru, lăsând loc unui vid negru, gol și lipsit de timp și viață.

Miruna nu păru să realizeze schimbarea.

În spatele ei, stăteau acum, noul Suprem Gardian, cei cinsprezece Supervizori și doi Gardieni care țineau de brațe un bătrân șters, cu barba și cu părul albe și lungi, îmbrăcat cu o robă gri, tocită. Bătrânul își ținea capul plecat ca un condamnat. Era fostul Gardian Suprem care îl alesese pe Andrei în locul lui. Probabil că, acum, regreta acea decizie.

Miruna, își reveni, într-un final, simțind metamorfoza din juru-i. Se întoarse și tresări, văzându-i pe noii veniți, ca și cum vidul în care se aflau n-ar fi contat. Îi privea cu teamă, cu ură, cu fascinație, toate la un loc, luându-i pe rând, începând cu Supremul Gardian, cu roba sa argintie și ochii albaștri cameleonici. În sfârșit, privirea ei se opri asupra bătrânului în același timp cu cea plină de vinovăție a lui Andrei. Chiar atunci, capul fostului Gardian Suprem se ridică puțin, doar cât amândoi să apuce să-i vadă sclipirea roșie, demonică a pupilelor acestuia. Ea se sperie și se retrase mai aproape de pieptul lui ca și când ar fi vrut să pătrundă în sufletul lui și să-l poată salva.

- Un Șarpe! exclamă Andrei în șoaptă.
- Șarpe?
- Un trădător! o lămuri.
- Număr 180520? tună vocea Supremului Gardian.

Se ridică în picioare demn.

- Eu sunt!

Superiorul său zâmbi compătimitor și blând. Fusese cândva Supervizorul acestui Gardian genial.

- Prietene, ce-ai făcut?
- Domnule... răspunse număr 180520 cu fruntea sus, făcând un pas în față, fără însă să-i arate vreo lipsă de respect, dar nici vreun regret al faptelor sale.
- Te-ai lăsat ispitit de acest Șarpe... Îmi pare rău... Știi că nu am de ales...
- Da, înțeleg...

Plânsul Mirunei, care rămăsese îngenuncheată în spate, răsună ca un clopot mortuar în golul acela de timp și spațiu.

Supremul Gardian se întoarse spre ea, părând că abia atunci o văzuse.

- Tânără domnişoară, dumneata... nu ai nicio vină... Ai să poţi pleca...

- Nu plec fără el! sări Miruna.

- Miruna, scumpo...

- Suntem vinovaţi amândoi în aceeaşi măsură! Ar trebui să fim pedepsiţi împreună! Îşi luă ea avânt, ridicându-se, parcă gata de luptă.

- E frumos ce spui dumneata, domnişoară, dar vorbeşti de parcă nu ai şti cu cine ai de-a face! îi răspunse Supremul Gardian cu aceeaşi mină paternă.

Păşi spre ea cu braţele deschise, ca şi cum ar fi vrut s-o strângă şi s-o consoleze. Miruna simţi instinctiv că trebuie să se retragă, însă picioarele ei nu mai ascultau comenzile creierului. Se temea şi, în acelaşi timp, nu vroia să o arate, ceea ce însemna că nu trebuie să se ferească. Supremul Gardian ajunse în dreptul ei şi îi puse mâna pe frunte, apăsând-o cu degetul mare. Într-o clipă, ochii Mirunei se goliră de viaţă şi se prăbuşi ca un bolovan.

Andrei vru s-o prindă, dar unul dintre Supervizori îl opri:

- Calmează-te, îi spuse, ea va fi bine...

Andrei se întoarse cu o ură crescândă spre Şarpele cu forma unui bătrân răpciugos. Legăturile de la mâini îl împiedicau să revină la forma lui de demon obişnuită. Se repezi spre el, cu toată înfăţişarea lui demnă de milă, şi dacă nu l-ar fi apucat un Supervizor de umăr, i-ar fi tras un pumn direct în ochii lui roşii.

Când se simţi tras înapoi, se agită puţin, apoi se mulţumi doar să urle la Şarpe:

- De ce?

- Număr 180520... încercă Supremul Gardian să-l calmeze

- De ce eu? De ce toată şarada asta?

Vru să se repeadă din nou la el şi din nou fu ţinut.

- Număr 180520! Încercă din nou superiorul.
Nici un răspuns, nici o privire.
- Andrei!
Asta îi atrase atenția. Se întoarse la fel de furios spre Supremul Gardian.
- Ce e?
- Calmează-te! El nu e decât o unealtă, ca și tine. Totul a pornit de la Lucifer.
- Lucifer? Ce mai vrea acum? Altă revoltă?
- Hmm... mormăi Supremul Gardian în barbă.
Elixirul părea să aibă ceva efecte secundare, căci el nu îl mai văzuse pe Andrei furios până atunci. Apoi își dădu seama că e om cu adevărat și asta probabil că îi adusese înapoi Partea Rea a personalității sale care se spulberase după moartea lui.
- Vroia un război. Momentan, am reușit să intervenim.
- Nu veți reuși niciodată să-l opriți pe stăpânul meu! Sâsâi bătrânul din gura căruia ieșea o limbă lungă, subțire și bifurcată exact ca a unui șarpe.
Supremul Gardian se încruntă ducându-și mâna la frunte. Păru că nu îl auzise pe Șarpe strigând, dar de fapt asta auzea încontinuu de când îl capturaseră.
Furia lui Andrei se topi ușor, privind trupul nemișcat al iubitei lui Miruna.
- Gata! Strigă unul din Supervizori. Să mergem!

## 20.

-Va fi dificil s-o convingem...
- Lasă, lasă, că vorbesc eu cu ea...
Vocile erau iritante la fel ca o gâză care-ți bâzâie pe la urechi. Ea vroia să doarmă, așa că mârâi iritată de lene să deschidă gura sau ochii.
- Nu mai vorbi tare! Uite, ai trezit-o!
Miruna vroia să revină la visul ei frumos. Se răsuci groaie pe partea cealaltă și de-abia atunci realiză că gâtul ei era pus într-un soi de proteză de plastic extrem de inconfortabială. Mârâi din nou, deschizând un ochi. "Ce-o fi cu chestia asta?". Mintea ei încă nu vroia să se trezească, dar "gulerul" acela ciudat și tare era ca un ghimpe în coaste sau poate ceva mai rău.
Cineva veni lângă ea și o luă de mână. Miruna deschise și celălalt ochi și clipi des de câteva ori. O văzu pe sora ei și zâmbi, dar tot nu înțelegea ce era cu chestia de al gât. Apoi, dintr-o dată, multe amintiri se revărsară în memoria ei, începând cu ziua stresantă de la muncă și accidentul idiot pe care îl avusese când se ducea acasă înjurând de mama focului, până la întâmplările stranii cu Andrei și sfârșitul lui tragic. Gândindu-se, trează fiind, la stupiditatea acelor amintiri, care parcă întrerupeau șirul firesc al întâmplărilor, realiză că fuseseră doar un vis. Dar, în mod surprinzător, îi părea rău că, acea iubire de poveste, nu era reală.
- Miruna, m-auzi?
Privirea ei se limpezi și se fixă pe chipul surorii.
- Da... îi răspunse răgușit. Ce naiba e cu chestia asta? se răsti, arătând spre proteza incomodă.
- Ți-ai rupt gâtul în accident!
- Oh, grozav! Exact ce-mi trebuia!
- N-ar trebui să te plângi! Șoferul mașinii a murit!

Pentru o clipă, pulsul Mirunei se accelără, făcându-i inima să i se agite. În visul ei, șoferul acela era... tatăl ei. Se încruntă: "Revino-ți! își spuse. Era doar un vis!" și inima ei se liniști. Oftă.
- Și eu de când sunt aici?
- De două zile.
- Uf! Și mai trebuie să stau mult?
Sora ei ridică din umeri neștiutoare.
- Mă duc acasă să îți aduc ceva de mâncare, bine? Mama o să se bucure să știe că ești bine!
- Bine, abia mai dorm și eu puțin. Pa!
- Pa pa!

Miruna nu vroia să mai doarmă, vroia doar să mediteze la visul ei ciudat. Părea atât de real... Atât de real că parcă simțea durerea sufletului gol care tocmai pierduse pe cineva foarte drag. Imaginile cu Andrei erau foarte clare în mintea ei, conversații și cuvinte de dragoste, atingeri și priviri calde, nopți fierbinți de iubire care îi făceau pielea să se furnice, buzele să se crispeze de dor și pumnii să se strângă de ciudă în ideea că totul fusese doar un vis. Totuși, întâmplări care se desfășuraseră pe parcursul a câteva luni puteau fi cuprinse într-un vis de două zile? Cum era posibil ca pielea ei să-și amintească acele senzații minunate ale unor buze umede atingând-o blând, mângâind-o cu pasiune?

Și acele cuvinte. „ Te iubesc!". Cât de mult visase să le audă... Dar în realitate, nu i le spusese nimeni, doar el... Doar în vis...

Oftă tristă. Viața ei reală era atât de complicată încât ar fi vrut să se culce la loc și să nu se mai trezească niciodată din acel vis frumos. Oricât de stupid părea, accidentul prin care trecuse era inexistent în mintea ei, deși îi părea rău pentru omul care murise.

Dintr-odată, gândul îi fugi de la moartea șoferului la Purgatoriul care era „casa" lui... „Casa" lui Andrei... Își aminti toate detaliile acelei lumi de care el îi povestise în amănunt, rangurile, Învățăceii și când Gardianul ei fusese numit Suprem Gardian...

„Ar trebui să scriu toate astea!"

După o vreme, scăpă de proteza aceea ridicolă și își strângea lucrurile din salonul murdar al spitalului, gata să-și înceapă noua viață.

Chiar dacă avusese acel accident, nu acesta declanșase schimbarea care se petrecuse în ea. Era hotărâtă să-și dea demisia și să-și ia o vacanță binemeritată, cu gândul să plece undeva la munte departe de oraș și de lume. Acolo avea să înceapă să scrie romanul la schițele căruia încă lucra dinainte să se recupereze complet.

Ieșind pe ușa principală a clădirii spitalului acela dărăpănat, se opri brusc, având un deja-vu amețitor. Ziua aceea frumoasă de vară care o întâmpinase în vis, o aștepta acum afară. Dar, în definitiv, putea fi doar o coincidență, așa că porni încrezătoare spre poartă, respirând aerul proaspăt al dimineții de iunie.

Când trecu pe lângă șirul de bănci din curte, același sentiment de deja-vu o copleși, văzând un bărbat care stătea pe una dintre ele. Spre deosebire de bărbatul din vis, stătea cu coatele proptite pe genunchi și cu fața ascunsă între palmele bătătorite și muncite. Miruna tresări uimită, însă trecu mai departe dând puțină atenție acestui amănunt oricât ar fi fost de asemănător cu cel din vis. Dar coincidențele nu făceau decât să o convingă că trebuie să pună pe hârtie aceste întâmplări ciudate. Simțea că, dacă le va dezvălui cuiva, străin sau nu, o va ajuta să înțeleagă mai bine unde era adevărul. Inima ei încă mai tresărea când revedea cu ochii minții toate detaliile și cum, această tresărire, nu se întâmpla prea des în viața ei, însemna că acest vis era oarecum palpabil.

În aceeaşi zi, când ajunse acasă, începu să-şi pregătească bagajul pentru vacanţă. De lucru oricum nu mai avea. Îşi trimisese CV-ul la mai multe firme pe internet, dar nu avea de gând să se mai angajeze până în septembrie. Romanul pe care vroia să îl scrie avea să îi ia mai mult timp, ştia asta, dar minivacanţa era un început.

- Miruna, eşti sigură că te descurci? Adică... imediat după ce ai ieşit din spital...
- Ştiu, mamă, dar nu mai rezist aici! Vreau să plec, să schimb aerul, să mai învăţ alte lucruri.

Mama nu mai zise nimic, o ajută să-şi facă bagajul voluminos şi-i pregăti nişte sandvişuri.

Aproape se înserase când Miruna se urca în tren. Avea mult de mers până în Moldova, aşa că se aşeză cât mai comod, îşi luă o carte şi un sandviş, uitându-se fugitiv pe fereastră la peisaj, atât cât mai era lumină.

După vreo oră se plictisi de cartea pe care o luase cu ea. Pe lângă asta era nerăbdătoare să înceapă romanul pentru care îşi aranjase cu multă grijă schiţele.

Era foarte concentrată şi totuşi apucă să vadă omul care trecu în grabă pe lângă compartimentul ei. I se păru foarte familiar acel bărbat, dar nu ştia de unde să-l ia. Ca să nu se enerveze că nu-şi aminteşte, preferă să nu dea atenţie întâmplării şi să revină la schiţele ei. Toate detaliile erau la locul lor, mai puţin finalul pe care nu ştia cum să-l construiască.

Abia dimineaţă ajunse ajunse la mănăstirea din lemn unde vroia să stea tot restul verii. Peisajul era fantastic cu mulţi pomi fructiferi, flori multicolore plantate pe pământ sau în ghivece atârnate cu scop estetic pe la ferestrele chiliilor, şi binînţeles aer curat, singurătate şi linişte.

O măicuţă o întâmpină în dreptul porţii mari şi îi zâmbi cald. Avea părul grizonat, atât cât se vedea la tâmple sub straiele sale modeste şi negre, şi purta ochelari mari şi rotunzi pe nasul mititel, prin care ochii ei albaştri străluceau veseli.

- Bine aţi venit!

Îi povesti tot soiul de istorioare și detalii legate de frumoasa mănăstire la care era găzduită. Apoi o conduse la chilia unde avea să stea.

Cămăruță mică și primitoare, în ciuda zvonurilor pe care le auzise, avea un pat, o masă, un scaun, o chiuvetă mică într-un colț, dușul fiind separat pe hol, covor subțire întins pe jos și un dulap îngust lângă pat unde putea să-și pună hainele. Chilia era suficient de bine luminată pentru ca ea să poată scrie în cazul în care afară era vreme rea. Desigur mănăstirea era dotată și electric, dar, în general, vremurile cereau economie.

Se instală rapid, pentru ca restul zilei să poată explora toată curtea și împrejurimile. Studia fiecare floare, fiecare firicel de iarbă, savură fiecare gură de aer și se bucura de fiecare pas când călca pe pământ moale și nu pe asfalt de proastă calitate din orașele aglomerate ale țarii. Umblă toată ziua pe vârfurile de munți din jurul mănăstirii și prin păduricele verzi și pline de viață care le acopereau. Uită de tot ce fusese înainte ca și când ar fi fost un nou născut în prima zi de asimilare a noii sale vieți.

Seara, când se așeză în pat, obosită după plimbarea ei prelungită și un prânz superficial, aproape că i se închideau ochii. Ceva nu o lăsa, însă. Toată ziua avusese o senzație ciudată pe care reușea s-o deslușească, doar acum, întinsă-n pat cu gândurile aranjate și mintea încă limpede; o senzație că cineva ar fi stat, încă de dimineață, doar cu ochii pe ea. Pe parcursul plimbării o urmărise constant acestă senzație și, de ficare dată când se oprea, nu numai să privească în spate să vadă dacă într-adevăr cineva se ține după ea, ci să înțeleagă ce se întâmpla de fapt, totul părea să dispară ca și cum senzația făcea parte din cursul curent al zilei și al minții ei.

Dormi agitată cu tot felul de vise ciudate.

A doua zi, se trezi dis de dimineață proaspătă și pusă pe treabă. Își luă o pătură, schițele și ustensilele de scris și merse undeva la umbră, să înceapă romanul ei.

Abia dacă scrisese trei rânduri, când lumina care cădea pe caietul ei păli brusc. Uimită, Miruna, privi în sus: cineva îi bloca lumina solară.

- Bună dimineața, îi spuse o voce bărbătească ciudat de cunoscută.

Fiind complet conturat de lumină, ea nu-i putea distinge fața prea bine.

- Neața, îi răspunse ea îndoielnic.
- Pot să împart umbra nucului cu tine? Nu te voi deranja, voi sta puțin mai departe să mă...cultiv; îi arătă o carte groasă.

Miruna se uia în sus cam chiorâș, părând că nu înțelege ce i se spune. Când bărbatul văzu că ezită, se lăsă ușor pe vine pentru ca ea să îi poată vedea chipul.

Șocul o făcu să scape creionul din mână.

- TU? Credeam că...

Era chiar Andrei, Gardianul din visul ei, cu aceiași ochi verzi și blânzi și același păr blond.

- Nu mai înțeleg nimic! Credeam că am visat!
- Până acum trei zile și eu credeam la fel, zâmbi el.

Nu reușea să-și revină. Încă îl privea cu gura căscată.

- Nici eu nu înțeleg prea bine. Tot ce știu e că am avut un accident de mașină acum ceva timp și din câte știu am stat amândoi la același spital.
- Am avut accident amândoi în același timp?
- Din cercetările mele așa reiese... Apoi te-am văzut într-o zi la spital și... după visul acela straniu... am crezut că am murit și am ajuns în Rai.
- Am același sentiment acum!

Apoi își dădu seama.

- Ai fost în același tren cu mine! Mă urmăreai?

El râse.

- Da, am fost în tren. Îmi pare rau, dar nu prea știam cum să te abordez!
- Am avut un sentiment ciudat toată ziua... Ești mort?

Bărbatul râse din nou.

- Şi eu mă întrebam acelaşi lucru în privinţa ta. Pe de altă parte, atâta vreme cât sunt cu tine nu mai contează dacă sunt mort sau viu.

Miruna îl privi lung, fără să înţeleagă dacă era o metaforă sau nu.

- Cum adică? Eu sunt foarte vie!
- Păi, în visul meu erai Gardian...

Printed in Great Britain
by Amazon